당신의 자랑이 되어
사랑을 자랑하려고 씁니다

조우리

당신의 자랑이 되려고

당신의 자랑이 되려고

조우리 장편소설

읻다

차례

당신의 자랑이 되려고 —— 7

작가의 말 —— 215

프롤로그

마스코트의 이름엔 마스코트의 사명이 담기는 법이야. 그래서 마스코트가 해야 할 가장 중요한 일은 이름을 알리는 거야. 이름을 모르는 마스코트는 의미 없는 조형물에 불과해. 그냥 있고, 있는 게 다인 거야. 저기 뭐가 있구나, 여기 이런 게 다 있네, 하면서 어쩌면 찰나의 관심을 받을 수도 있겠지만. 그 정도에 만족할 거라면 왜 굳이 마스코트가 필요하겠어? 마스코트는 어디서든 눈에 띄고 가능한 한 오래 기억되고 다시 마주치면 반가워야 해. 마스코트가 가리키는 곳을 봐야 하고, 마스코트가 짓는 표정을 따라 해야 해. 그러려면 역시 이름부터 알려야지. 이름을 알고 나면 유일해지잖아. 유일해지면 부르기가 쉬워. 구분이 되는 거야. 구분한다는 건 기억한다는 거고. 알지? 기억에는 시간의 틈새를 메울 힘이 있잖아. 흘러간 것을 끌어당겨 다시 눈앞으로 가져다 놓는 힘. 망각이라는 존재의 죽음을 되돌려 몇 번이고 다시 살고 계속 살게 하는 힘. 그러니 야망 있는 마스코트라면 자기 이름을 알리기 위해 최선을 다해야 해.

당연히 나도 마찬가지야.

그러니까 부탁할게. 내 이름을 알아줘. 기억해 줘. 그리고 불러줘.

*

전
국
마
스
코
트
자
랑

세영의 카메라가 한 줄로 늘어선 글자를 천천히 훑어 내렸다. 공중에 뜬 애드벌룬에 매달린 현수막은 줌을 당기지 않아도 충분히 글자를 읽을 수 있을 만큼 큼지막했다.

행사장은 예상보다 훨씬 북적였다. 세영은 삼각대를 세우고 스케치 영상을 찍으려던 계획을 변경해 카메라를 가슴 높이로 들고서 천천히 걸었다. 카메라에 가려질 뻔한 행사 스태프 명찰이 잘 보이도록 위치를 고쳐 다는 것도 잊지 않았다.

입구에서 나눠 주는 팸플릿과 부채를 받아 든 사람들의 손. 주위를 두리번거리는 어린아이들의 상기된 얼굴. 색색깔 천막. 홍보 물품을 올려둔 테이블. 사방에서 들려오는 제각기 다른 노래들. 호객하며 소리치는 목소리. 자글자글 튀겨지고 달콤하게 끈적거리는 냄새까지 카메라에 담지 못하는 건 아쉬운 일이었다. 6월의 화창하고 온유한 날씨 속에 열린 축제는 방문객들의 기대를 충족시킬 만큼 떠들썩했다. 그리고 어딜 봐도 마스코트가 보였다. 정확히는 마스코트 인형 탈을 쓴 사람들이 분주히 일하는 모습이.

어떤 마스코트 앞으로는 긴 줄이 늘어서 있었다. 마스코트와 사진을 찍고 해시태그를 달아 인스타그램에 올리면 선물을 준다는 안내판이 보였다. 방문객들과 가위바위보 게임을 하는 마스코트도 있었다. 그 옆에 선 사람이 마스코트와 대결해서 가장 많이 비기는 사람에게 선물을 준다고 외쳤다. 한 아이가 연달아 다섯 번이나 비겼다. 마스코트가 일부러 비겨주는 걸 모르는 아이가 깔깔깔 웃음을 터뜨리며 신이 난 모습을 세영이 카메라에 담았다. 아이와 보호자는 인터뷰 촬영을 흔쾌히 수락했다. 가위바위보 대결을 한 마스코트가 새겨진 문구 세트를 선물로 받은 아이는 너무 재밌었다며 또 만나고 싶다는 소감을 남겼다. 마스코트가 아이의 말에 화답하며 손을 흔들었다. 세영은 아이의 인터뷰를 축제 후기 영상 어디쯤에 배치하면 좋을지 편집 방향을 고심하며 걸었다. 그러다 춤을 추는 마스코트를 발견했다.

제법 커다란 몸에 비해 팔다리가 짧아서 그 춤은 의도된 동작이라기보단 돌발적인 흔들림으로 보였다. 마스코트 옆에 설치된 앰프에서 흘러나오는 시그널 송의 흥겨운 박자와도 전혀 맞지 않았다. 세영은 멈춰 서서 그 마스코트를 찍었다. 짧은 시그널 송이 끝나고 다시 시작하고 또 끝나고 다시 시작하길 반복하는 동안 마스코트의 춤은 계속됐다. 사람들의 관심을 끌기 위해서. 잠시라도 눈길을 붙잡기 위해서. 마스코트의 얼굴은 웃는 얼굴. 초롱초롱한 눈동자를 표현하기 위해 검은 동공 안에 자리 잡은 흰 별은 망사 재질이었다. 그곳으로 마스코트 인형 탈을 쓴 사람이 바깥을 볼 것이다. 세영은 찍히지 않을 걸 알면서도, 찍힌다 해도 쓸데없다는 걸 알면서도 그 사람의 눈을 향해 줌을 당겼다.

2회째를 맞이한 '전국마스코트자랑'은 공익 홍보 활동을 하는 마스코트가 참가할 수 있는 선발대회로, 전문가 심사와 대국민 투표로 우수 마스코트를 선정했다. 사전 심사로 예선을, 온라인 투표로 본선까지 통과한 1등부터 10등까지의 마스코트들은 지난해 대상을 받은 마스코트의 연고지에서 열리는 축제 현장에 모여 최종 순위를 가리는 결선인 '자랑대회'를 치렀다. 그 '자랑대회'가 열리는 날이 바로 오늘이었다.

과거 군 비행장이었던 동천비행장은 오늘의 축제를 기점으로 동천시민공원이 되어 새롭게 문을 열었다. 사방이 탁 트인 위치에 잘 닦인 평지여서 축제 행사장으로 더할 나위 없었다. 예전이었다면 전투기가 날아올랐을 활주로의 끄트머리에 무대가 있었다. 무대 뒤편에 설치된 천막에는 올해의 대상을 노리는 마스코트들이 대기하고 있을 터였다. 세영은 아직은 텅 빈 무대를 카메라에 담았다. 몇 시간 후면 마이크를 든 사회자가 무대에 오를 것이다. 그리고 이렇게 말하겠지.

전국마스코트자랑! 그 대망의 마지막 무대, 전국마스코트자랑대회에 오신 여러분 환영합니다! 지난 석 달간 전문가 심사와 대국민 온라인 투표를 통해 1등부터 10등까지의 영광을 얻은 마스코트들이 오늘 최고의 마스코트로 선발되기 위해 이 자리에 모였습니다. 지금까지 마스코트로서 활동해 온 노력을 이 자리에서 소개하고 현장에 계신 여러분들의 투표로 대상을 선정할 예정입니다.

세영은 그날의 박수 소리를 떠올린다. 1년 전, 그날도 오늘처럼 날씨가 좋았다. 무대 위의 사회자는 세영 또래의 젊은 여성이었다. 흰 셔츠에 나비넥타이를 매고, 통이 넓은 바지를 입고 있었다. 무대 중앙에 서서 능숙하게 호응을 유도했고, 깊은 고민 없이 웃음을 터뜨릴 만큼 익살스러우면서도 불쾌한 구석이 없는 노련한 농담이 이어졌다. 그날 객석의 사람들 중에 소리 내어 웃지 않는 사람은 세영뿐이었다. 손바닥이 자꾸만 식은땀으로 축축해져서, 두 손을 번갈아 바지에 문질러 땀을 닦아내고 카메라를 고쳐 쥐어야 했다.

무대에 올라갈 것도 아니면서 왜 그렇게까지 긴장했을까. 지금 생각하면 자신의 모습이 우습게 느껴지기도 했지만, 그때는 분명 더없이 진지하고 심각했다. 결과를 알고 나서 돌이켜 보는 지금으로서는 절대로 그때의 마음을 온전히 다 떠올릴 수 없을 만큼.

지난해와 같은 사회자가 무대 위로 올라왔다. 리허설이 시작된 것이다. 무대 전체를 담을 수 있도록 걸음을 뒤로 물리던 세영의 카메라 앵글 끄트머리에 익숙한 실루엣이 걸렸다. 무대로 오르는 계단 아래에서 준비하고 있는 지난해 대상을 받은 마스코트였다. 본격적인 행사가 시작되기 전 축사를 하는 것이 지난해 대상의 임무였다. 스태프가 마스코트의 손에 마이크를 건네주었고, 곧 세영의 귀에 마이크 테스트를 하는 익숙한 목소리가 들려왔다. 세영은 마스코트를 향해 손을 흔들었다. 마스코트가, 그 인형 탈 안의 사람이 세영을 발견하고 마주 손을 흔들어주었다.

사회자가 마치 본무대 같은 진지한 태도로 입을 열었다.

"전국마스코트자랑대회의 시작을 알리는 공식 순서죠. 지난해 대상을 차지한 마스코트를 무대로 모셔서 축사를 듣는 시간입니다. 혹시 작년 자랑대회에 오셨던 분, 계신가요? 여기저기 손을 많이 들어주시네요. 성원에 감사드립니다. 손을 들어주신 분들은 작년에 가장 화제가 되었던 일이 무엇인지도 기억하시죠? 맞습니다. 바로 지금, 올해의 축제가 열리고 있는 이곳 동천시에서 활동하고 있는 마스코트가 무려 셋이나 자랑대회에 출전한 놀라운 일이었는데요. 전국에서 활약하고 있는 수많은 마스코트들 중에 10등 안에 드는 마스코트를 셋이나 배출해 낸 동천시의 저력에 감탄하지 않을 수 없었죠. 자, 그럼 고향 친구들을 제치고 대상의 영광을 차지했던 바로 그 마스코트! 누구인지 다들 아시죠? 영광스러운 대상 마스코트의 이름을 다 같이 불러볼까요? 하나, 둘, 셋!"

1.

누구든 그 순간 세영의 얼굴을 보았다면 세영이 방금 부고를 들은 사람이란 걸 알아챘을 것이다. 할머니가 돌아가셨다. 세영이 임종을 지킬 새도 없이 갑자기. 세영은 예매해 둔 기차를 타는 대신 몸을 돌려 서울역 밖으로 나왔다. 세영에게 전화로 소식을 알린 고모는 할머니가 입원해 계시던 요양병원 지하 장례식장에 빈소가 차려지는 중이라고 했다.

할머니는 사고로 부모님을 잃은 어린 세영의 유일한 보호자였고, 파킨슨병 증상이 심해져 요양병원에 입원하기 전까지 20년 동안 세영과 단둘이 산 하나뿐인 가족이었다. 스물여덟 살 세영의 인생 대부분이 할머니와 함께한 시간이었고, 떨어진 지는 고작 5년밖에 되지 않았는데…… 바로 지난주에도 할머니를 만났는데…… 머릿속이 두서없이 떠오르는 사실들과 구체적이지 않은 후회로 뒤섞인 채, 세영은 잰걸음으로 걸었다. 지금 걷고 있는 다리가 자기 다리가 맞는지, 이렇게 경황이 없는데도 넘어지지 않고 걸을 수 있다는 게 어색하게 느껴졌다.

요양병원까지 환승 없이 갈 수 있는 버스 노선을 여럿 알았지만, 버스 정류장 대신 택시 승강장으로 향했다. 다행히 줄이 없었다. 언제나 복잡한 서울의 교통 상황을 고려하면 버스나 택시나 걸리는 시간이 비슷하거나 오히려 전용 차선을 이용하는 버스가 더 빠를 것이다. 하지만 정류장마다 새로이 마주칠 타인의 일상을 견딜 자신이 없었다.

택시가 한강 변의 자동차전용도로를 달리는 동안 세영은 카메라를 들고 할머니를 촬영했던 날들을 떠올렸다.

세영은 7년 전 충무로영상센터에서 진행하는 영화제작 수업을 들었다. 한 해 동안 워크숍과 실습을 통해 영화 한 편을 완성하는 것이 수업의 목표였다. 수강생 대부분이 단편 극영화를 만들었다. 그해 수강생 중에 실습 작품으로 다큐멘터리를, 그것도 80분이 넘는 장편 다큐멘터리를 선택한 사람은 세영뿐이었다.

세영의 다큐멘터리 〈구전설화〉는 자신이 기억하지 못하는 부모님에 대해 할머니를 인터뷰하는 내용이었다. 카메라에 주로 담긴 사람은 할머니지만, 할머니가 주인공은 아닌.

세영은 그 영화를 완성했다. 수강생들의 실습 작품을 상영하는 특별전에서 세영의 영화는 호평받았다. 강사는 해외 영화제 출품을 권유했고, 다큐멘터리를 전문으로 하는 배급사에서 극장 개봉 제안이 오기도 했다. 하지만 세영은 그때 이후로 어디서도 그 영화를 공개하지 않았다.

빈소에 도착하자 고모가 세영의 머리에 흰 리본을 꽂아주었다. 고모는 팔뚝에 검은 두 줄이 선명한 삼베를 두르고 있었는데, 그 상주 완장을 보자 세영은 정말 할머니가 돌아가셨다는 실감이 났다. 눈물이 쏟아질 것 같아서, 하지만 그러고 싶진 않아서, 아직 썰렁한 빈소 곳곳으로 애써 시선을 옮겼다. 미처 영정 사진이 놓이지 않은 제단에는 장식용 국화꽃만 수북이 쌓여 있었다.

세영은 고모를 따라 가족 휴게실로 들어가 고모와 같은 검은 저고리와 치마 상복으로 갈아입었다. 고모가 세영의 옷매무새를 만져주며 말했다.

"다행히 서울에 있었구나."

"일 때문에요."

고모의 눈길이 부드럽게 세영을 훑었다. 아무리 매무새를 가다듬어도 세영의 마른 몸에 걸치기엔 상복이 지나치게 크고 헐렁했다.

"왜 이렇게 말랐니. 밥은 잘 먹고 다니는 거야?"

"그럼요. 잘 먹어요."

세영은 할머니가 요양병원에 입원하신 뒤로 전국을 돌아다녔다. 일을 핑계 삼았지만 제대로 된 인과를 고모도 알았을 것이다. 일 때문에 집을 떠나 있는 게 아니라 집을 떠나 있고 싶어서 일을 찾았다. 할머니의 입원은 주치의의 권고에 고모와 세영이 오래 상의한 결과가 더해져 결정되었지만, 세영은 때때로 자신이 할머니를 할머니의 집에서 쫓아냈다는 생각에 괴로웠다. 자신이 부족해서 할머니와의 생활을 지켜내지 못한 탓이라고. 할머니는 환자였고 전문 지식이 없는 세영의 간병으로 일상을 유지하는 건 무리라는 사실을 머리로는 알았지만, 죄책감은 쉽사리 사라지지 않았다. 할머니가 없는 집이, 할머니가 없는데도 온통 할머니의 손길이 닿은 집이 세영을 밀어내는 것만 같았다.

영상센터 수업에서 배운 기술을 살려 촬영 일을 구했다. 일할 자리가 있다면 어디든 갔다. 가끔은 외국으로 나갈 때도 있었다. 세영의 일솜씨가 마음에 든다고 오래 머물며 일하기를 청한 곳도 있었지만, 세영은 거절했다. 언제나 단기로만 일했다. 일을 마칠 때마다 서울로, 할머니가 없는 집으로 돌아왔다. 그 집은 세영의 베이스캠프였다. 몸과 마음을 정비하고 다시금 나설 수 있게 하는 곳. 그러니 쉬고 난 뒤에는 떠나야만 하는 곳. 그런 곳으로 대했다. 세영은 다음 일거리를 구할 때까지만 어릴 때부터 쓰던 이부자리에서 잠을 잤다. 잠에서 깨면 면회 시간에 맞춰 할머니를 만나러 갔다. 그리고 다시 떠났다.

이번에 서울에 온 건 일이 끝나서가 아니라 필요한 장비를 사기 위해서였다. 서울에서 묵지 않고 곧바로 떠나려 했고, 그래서 할머니를 찾아가지도 않았다. 시간 여유가 있었는데, 꼭 지켜야만 하는 규칙도 아니었는데, 그냥 그렇게 해왔으니까 이번에도 그랬다. 할머니를 만날 마지막 기회를 놓치는 줄도 모르고. 세영의 자책하는 표정을 읽은 고모가 세영의 손을 붙잡았다.

"고통스러워하지 않으셨어. 잠들 듯이, 깊이 잠들 듯이 가셨어. 아무것도 원하지 않고 원망하는 것도 없이."

할머니는 파킨슨병으로 인한 치매가 심해 자신의 딸인 고모도, 손녀인 세영도 알아보지 못했다. 세영이 매일같이 면회를 가도 갈 때마다 낯선 사람으로 대했다. 할머니의 그런 모습은, 세영의 마음을 편하게 해주었다. 어차피 할머니는 기억하지 못할 테니까. 할머니를 자주 찾아도, 오래 찾지 않아도, 할머니에겐 다르지 않을 테니까. 하지만 눈을 감는 마지막 순간에도 그랬을까. 할머니는 정말 아무도 보고 싶지 않았을까. 세영은 자신이 그 답을 영원히 알지 못할 것이고 그래서 질문도 영영 멈추지 못할 거라고 예감했다.

세영과 고모가 휴게실에서 나오자 빈소 입구에 금빛 보자기 보퉁이가 놓여 있는 게 보였다. 풀어보지 않아도 영정 사진이 든 액자라는 걸 알 수 있었다.

"같은 방 쓰는 분들하고 지난주에 찍었다더라."

고모는 영정 사진 속 환히 웃고 있는 할머니의 입가를 가만히 쓸어내렸다.

"우리 엄마, 뭐든 미리 준비하는 걸 좋아하더니. 이런 것까지 다 챙겨놓고 갔네."

고모의 엄마, 세영의 할머니, 오애란 씨. 세영은 종종 할머니를 '오애란 씨'라고 부르곤 했다. 누군가는 버릇없다고 할지 모르지만 할머니는 그 호칭을 좋아했다. 세영이 누구인지 알아보지 못하면서도 "안녕하세요, 오애란 씨. 저는 박세영입니다" 하고 인사하면 기쁜 선물을 받은 사람처럼 활짝 웃었다. 오애란, 그 이름은 할머니가 스스로에게 선물한 이름이었으니까.

1939년 황해도 해주에서 태어난 할머니는 1950년 한국전쟁 피난길에 부모와 다섯 형제를 모두 잃었다. 피난 행렬에 끼어 제 엄마의 등에서 미끄러지는 이름도 모르는 아기를 받아 대신 업고, 하루 끼니로 싹 난 감자 하나를 겨우 얻어먹으면서, 먼 친척이 살고 있다는 경북 안동까지 찾아갔으나 결국 만나지 못했다.

1953년 휴전협정 이후로 3년이 지난 1956년까지 할머니는 안동에서 머물다가 우연히 고향 마을 사람들을 만났다. 그들은 부산까지 내려갔다가 다시 북쪽으로 올라가던 중이었다. 사람들의 통행을 막는 철조망이 놓였다는 소식은 들었지만 그래도 고향으로 돌아갈 방도를 찾아야 하지 않겠느냐는 말에 할머니도 그들을 따라나섰다. 서울에 도착해서야 고향에 돌아가지 못하는 현실을 인정할 수 있었다. 아버지와 어머니, 언니, 오빠, 동생을 이제 다시 만날 수 없다는 사실도.

1960년에 할머니는 자신을 '1939년생, 해주 오씨, 애란'이라고 호적부에 등록했다.

그로부터 5년 뒤인 1965년, 오애란은 박형우와 결혼했다. 이듬해인 1966년에 첫째 아이 박선영을 낳았고, 두 살 터울의 둘째 아이 박준호가 1968년에 태어났다.

1973년, 오애란의 남편 박형우가 죽었다.

1998년, 오애란의 아들 박준호가 죽었다.

세영은 할머니가 중요하게 여겼던 이름과 숫자들을 머릿속으로 하나하나 짚어보았다. 〈구전설화〉를 찍고 편집하면서 할머니의 연표를 문서로 정리한 적이 있었다. 이제 그 문서의 마지막에 예정되어 있던, 그러나 특정되지는 않았던 한 줄의 사실을 추가해야 할 것이다.

2024년, 오애란이 죽었다.

할머니의 이전 이름은 뭐였을까. 할머니는 이전 이름을 누구에게도 알려주지 않았다. 파킨슨병을 진단받기 전까지 할머니는 고량주나 위스키 같은 독한 술을 즐겨 마셨는데, 아무리 취기가 올라도 그 이름만은 알려주지 않았다. 세영이 재차 물어도 대답 대신 다른 얘기만 했다.

세영은 할머니와 비슷한 연배의 어른을 만나면 그이의 이름을 이리저리 매만지며 할머니의 이전 이름을 상상하곤 했다. 형제들과 돌림자를 썼을까. 다른 형제들과 비슷한, 형제인 것이 티가 나는 이름이었을까. 육 남매 중 셋째였으니 '삼' 자가 들어갔을지도. 그 이름만으로도 잃은 것들이 분명해 도무지 이전과 같이 불리면서는 살아갈 수가 없었던 걸까. 차라리 지우고 잊기를 택할 만큼, 아팠을까.

세영이 다큐멘터리를 찍겠다며 카메라 앞에 앉혔을 때도 할머니는, 아마도 부모가 지어주었을, 자신의 의지와 상관없이 가졌던 이름이 아닌 직접 지은 이름에 대해서만 말했다. 어렵사리 구한 옥편을 뒤적이며 몇 날 며칠을 고민했다고. 마음에 쏙 드는 두 글자를 찾아내는 일에 골몰하느라 밥을 먹으면서도 맛을 잘 못 느끼고, 일감을 찾아 돌아다니면서도 피곤한 줄을 몰랐다고.

그렇게 지은 할머니의 이름, 오애란이 장례식장 입구 안내판에 적혀 있었다.

장례식장 직원이 찾아와 모바일 부고장을 만들겠느냐고 물었다. 고인의 이름, 상주의 이름과 연락처, 계좌번호만 알려주면 미리 제작해 둔 모바일 웹페이지에 넣어 휴대폰 주소록에 저장된 번호로 단체 메시지를 보내준다고 했다.

"요양병원에 입원해 계셨던 분들 한정으로 제공되는 서비스라 무료입니다."

그 외에도 몇 가지 서비스가 더 있었다. 종이컵과 일회용 접시, 나무젓가락, 플라스틱 숟가락, 비닐 테이블보, 콜라와 사이다 한 박스씩. 고모는 직원의 설명을 꼼꼼히 듣고 장례식장 계약서에 서명했다. 떡은 절편으로만, 과일은 귤과 포도만 하겠다는 말도 덧붙였다. 세영은 꼭 여러 번 해본 사람처럼 막힘없이 선택하는 고모를 신기하게 바라보았다. 고모의 아빠, 오애란 씨의 남편이자 세영의 할아버지는 고모가 일곱 살 때 돌아가셨다. 고모의 동생이자 세영의 아빠는 다섯 살이었다. 그때 고모는 오늘을, 자신이 상주가 되어 엄마의 장례식장 계약서에 서명하는 오늘을 상상하지 못했을 텐데. 어디서 따로 배웠나. 그런 학원이라도 있나. 실없는 생각을 하던 세영은 문득 자신이야말로 앞으로 상주가 될 일은 없을지도 모른다는 걸 깨닫고 망연해졌다.

"자, 너도 적어라."

고모가 세영에게 볼펜을 내밀었다. 모바일 부고장 신청서에는 고모의 이름과 연락처, 계좌번호, 그리고 고모부의 이름과 군복무 중인 고모 아들 재현의 이름이 적혀 있었다. 해외 장기 파견 중인 고모부가 탄 비행기는 몇 시간 뒤 인천공항에 도착할 것이고, 재현은 휴가 승인을 기다리고 있다고 했다. 세영은 빈칸을 선뜻 채우지 못하고 망설였다. 조모상 부고는 어디까지 보내야 하나. 세영도 이제 어린 나이는 아니니 친구나 동료의 연락을 받고 장례식에 참석한 적이 있긴 했지만 부모상이었지 조부모상은 없었다. 세영에겐 부모나 다름없는 할머니였지만 그 사정까지 설명해야 할까. 고민하는 세영의 등을, 고모가 어린 날 놀이터 그네에 앉은 세영의 등을 밀어주었던 것과 같은 다정한 손길로 다독였다.

"계좌번호 꼭 적어, 은행 이름도 빼놓지 말고."

청첩장은 가려 보내면 속상해하지만 부고는 뜬금없어도 이해한다는 고모의 말에 떠밀려, 세영은 휴대폰 연락처 목록을 통째로 장례식장 직원에게 넘겼다. 사실 저장된 연락처를 기역부터 히읗까지 한 명 한 명 따져가며 부고를 보낼지 말지 고민할 여력이 없기도 했다. 시간이 흐르면서 할머니의 죽음이 점점 생생히 느껴졌고, 슬픔이 몸 안에서 서서히 수위를 높이며 찰랑거렸다.

늦은 밤부터 조문객이 찾아왔다. 고모의 직장 동료와 친구들도 있었지만, 주로 할아버지 쪽 친척들이었다.

"애가 어릴 때는 방긋방긋 잘도 웃더니 컸다고 아주 과묵해졌어."

"언니도 참, 여기가 웃을 자리요? 속상할 애한테 별소릴 다 하네."

"아니, 숙모도 가는 길에 울상 보고 가시면 맘이 불편하실 거 아냐. 웃어드리면 좋지."

"그렇다고 억지로 웃는 얼굴 보면 맘이 편하시겠소?"

"아이, 언니들, 여기서 이러지 말고 가서 식사나 하셔요."

고모의 사촌 언니들이 자리에서 일어서며 번갈아 세영의 손을 꽉 잡았다가 놓아주었다. 얼얼한 온기가 분명한 위로라는 걸 세영은 느낄 수 있었다.

"저 고모들 기억나지? 첫 조카라고 널 얼마나 예뻐했니."

고모의 말을 들으니 지금보다 젊은 두 사람의 얼굴이 떠오르는 듯도 했다. 장난감이 든 상자와 과자 꾸러미를 내밀던 모습 같은 것도. 까르르 신이 난 어린 자신의 웃음소리도. 하지만 세영을 바라보며 함께 기뻐했을 엄마와 아빠의 얼굴은 기억나지 않았다. 그러니 젊은 고모들에 대한 기억도, 유년 시절 자신의 마음도, 사실은 전부 세영의 상상에 불과할 것이다. 필름을 인화한 오래된 사진에서 보았던 장면에 할머니나 고모가 해주었을 이야기가 더해진.

카메라를 켤까. 세영은 문득 생각했다. 휴게실에 놓아둔 세영의 가방 안에 카메라가 있다. 할머니의 장례식을 찍어둬야 할까. 일부만이라도. 잠깐이라도. 세영은 망설이다가 휴게실로 들어갔다. 하지만 곧바로 카메라를 꺼내진 못했다. 지금을 다시 보고 싶어질 때가, 언젠가 올까? 그 질문에 대답이 떠오르지 않았다. 다만 또 다른 질문이 이어졌다. 엄마와 아빠의 장례식도 지금과 비슷했을까?

자정 무렵 고모부와 재현이 도착했다. 고모부의 출장 짐에 마침 검은 양복이 한 벌 더 있어서 재현도 군복 차림을 면한 모습이었다. 재현은 할머니의 영정 사진을 보자마자 "할머니, 할머니" 하고 부르며 엉엉 소리 내어 울었다. 세영은 할머니가 멀리 떠난 게 아니라 재현이 할머니 곁을 떠나 길을 잃은 아이 같다고 생각했다. 저렇게 계속 부르다 보면 어디선가 다급한 걸음으로 할머니가 나타나 재현을 안아줄 것만 같았다.

새벽 동안에는 고모부와 재현이 빈소를 지키기로 했다. 세영은 고모와 함께 휴게실로 들어갔다. 붙박이장에 이불과 베개가 있었다. 베개에서 익숙한 냄새가 났다. 할머니에게서 나던 냄새. 요양병원 환자복과 침구의 냄새. 같은 세제 냄새.

세영은 모로 누웠던 몸을 돌려 천장을 바라보고 누웠다. 쉽게 잠들지 못할 줄 알았는데, 피로한 몸이 의식을 이끌고 잠 속으로 빠르게 가라앉아 주었다. 꿈도 없이.

이튿날은 토요일이었다. 아침 일찍부터 조문객이 이어졌다. 고모와 고모부의 직장에서 화환도 보내왔다. 재현의 친구들도 우르르 몰려와 일손을 돕겠다며 기웃거렸다. 그중 덩치가 큰 몇 명이 발인 때 운구를 돕기로 했다.

세영의 손님으로 처음 찾아온 사람은 고등학교 동창인 혜연과 유나였다. 고등학교를 졸업하고 10년 가까이 만난 적이 없어서 세영은 두 사람이 나타났을 때 바로 알아보지 못했다. 절을 마친 두 사람이 세영에게 다가와 잠은 좀 잤냐고, 아침은 먹었냐고 묻는 목소리를 듣고서야 알았다. 알이 두꺼운 안경이 없었지만 혜연이었고, 없던 쌍꺼풀이 생겼지만 유나였다. 또래 아이들과 어울리는 방법을 잘 몰랐던 세영에게 늘 먼저 다가와 주었던 다정한 친구들.

"그동안 연락 못 해서 미안해, 이렇게 와줘서 너무 고맙고."

"우리 번호 지운 줄 알았는데, 그건 아니었네."

서운함이 묻은 말투로 혜연이 말했다. 유나도 거들었다.

"모바일 청첩장인 줄 알았는데 아니어서 더 놀랐잖아."

"결혼식이면 안 오려고 했는데 장례식이라서 온 거야."

세영이 피식 웃었다. 고모 말이 정말 맞았네. 친구들의 핀잔이 세영에게 웃을 여유를 만들어주었다. 슬픔이 컸지만 긴장도 만만치 않았다는 사실을 세영은 새삼 깨달았다. 긴장이 풀리자 비로소 허기가 느껴졌다.

흰쌀밥과 육개장, 반찬들이 상에 깔렸다. 상갓집에서 받은 밥상은 깨끗하게 비워야 한다며 혜연이 먼저 숟가락을 들었다. 유나도 고개를 끄덕였다. 그 모습이 어엿한 어른 같아서 세영은 신기해하며 쳐다보았다.

"너도 얼른 먹어. 몸 상하지 않게."

정말 너무 어른 같은 말이다. 어른이니까, 당연한가? 세영은 자신은 여전히 교복을 입고 있고 친구들만 불쑥 커버린 것처럼 생각하는 스스로가 우스워졌다. 숟가락을 들어 밥을 입에 넣었다. 미지근했다.

고등학교 졸업식 이후 세 사람은 딱 한 번 만났다. 그날은 유나가 다니는 대학의 축제 마지막 날이었다. 5월의 캠퍼스는 유나가 초대하며 말했던 대로 봄꽃이 만발해 아름다웠다. 세영은 약속 장소인 대학 정문 앞에서 혜연과 먼저 만났다. 혜연은 경기도 외곽에 있는 기숙사형 재수 학원에 등록했다고, 일주일 후면 서울을 떠난다고 했다. 너는 어떻게 지냈어? 혜연이 물었고, 세영은 할 말이 없었다. 말하지 못할 사정이 있는 것이 아니라 정말로 할 수 있는 말이 없었다. 고등학교를 졸업한 이후로 세영은 아무것도 하지 않고 있었다. 대학에 진학하거나 하려고 노력하지 않았고, 취업도 마찬가지였다. 그런 자신의 상태를 초조해하지도 고민하지조차 않은 채로 그냥 있었다. 그 상황을 어떻게 표현해야 할지 몰라서 세영은 머뭇거렸다. 다행히 혜연이 다시 묻기 전에 유나가 나타났다. 세 사람은 유나의 학교 곳곳을 돌아다니며 축제를 구경했고, 유나의 학과에서 운영하는 주점에 갔다.

셋 중에 주량이 가장 센 건 세영이었다. 할머니와 마시던 독주에 비하면 맥주는 물처럼 가볍게 느껴졌다. 혜연은 맥주 한 모금에 얼굴이 붉어졌다. 또 수능 공부를 해야 하다니 정말 끔찍하다면서 눈물까지 흘렸다. 유나도 제법 기세 좋게 맥주를 마셨지만 어느 순간부터는 자꾸만 했던 말을 반복했다. 나도 공부해, 대학 왔는데도 공부해, 계속 공부해야 해. 그러다가 혜연과 유나는 약속이라도 한 듯 말했다. 그래도 해야지. 그래, 그래도 해야지. 맞아, 그래도 해야지. 해야지. 세영은 너무 늦어지기 전에 두 사람을 챙겨서 택시를 탔고 차례로 집 앞에 내려주었다.

그날 이후 세영은 두 사람과의 연락을 피했다. 처음엔 메시지 답장을 늦게 하거나 전화를 빨리 끊고 싶은 티를 내는 식으로, 이후에는 묵묵부답으로.

"그날 우리가 뭐 잘못했니?"

장례식장 밖으로 배웅하러 나온 세영에게 유나가 조심스럽게 물었다. 세영은 유나의 얼굴에서 그날의 표정을 보았다. 그래도 해야지, 라고 말하던 표정. 힘들고 괴로워서 피하고 싶어도, 해야겠다고 마음먹은 사람의 표정. 혜연의 표정도 유나와 같았다. 두 사람은 세영을 미워하거나 잊어버리는 대신 마주하고 질문하기로 결정한 것이다. 비겁했던 세영을 비겁한 채로 과거에 남겨두지 않기를 선택해 준 것이다. 거기까지 생각이 미치자 세영의 입에서 툭, 자신도 몰랐던 속마음이 토해졌다.

"부러웠어."

말하고 나니 더욱 확실해졌다. 두 사람이 부러웠고, 부러워하지 않을 자신이 없어서 두려웠다. 부러워하면서 못나질 자신을 두 사람에게 보이고 싶지 않았다. 혜연과 유나를 좋아했다. 좋아하면서 좋지 않았다. 좋아하는데 좋아할 수 없었다. 뒤늦게 깨달은 그 마음의 이름은 부러움이었다.

세영은 어느새 고개를 숙이고 있었다. 시야 끄트머리에 혜연과 유나의 신발 앞코가 걸쳐졌다. 그날, 축제의 마지막 밤에 세영은 두 사람이 아주 멀리로 걸어가는 뒷모습을 보았던 것 같다. 그래도 해야지, 하고 계속 걸어가는 뒷모습을. 우두커니

서 있는 자신과는 달리 아파하고 괴로워하면서도 어떻게든 걸어가는 두 사람이 참 좋았고 좋아할 수만은 없었다.

혜연의 신발이 먼저, 유나의 신발이 이어서, 세영의 신발에 닿을 듯이 다가왔다.

"말해줘서 고마워."

"꼭 연락해, 결혼식 때도. 알았지?"

"응, 너희들도."

세영은 자신이 모르는 친구들의 지난 시간이 궁금해졌다. 둘 중 하나는 이미 결혼을 했을지도 모른다. 어쩌면 둘에게도 가족을 잃는 아픔이 있었을지도 모른다. 세영이 모르는 시간. 세영이 모르는 이야기. 그동안 그 애들의 곁에서 보고 듣고 함께 겪을 수도 있었을 장면들을 놓쳐버렸다는 게, 새삼 몹시도 아까웠다. 이제라도 좋아하기만 하고 싶어졌다. 하지만 너무 늦었다는 것도 알았다. 친구들은 과거를 매듭짓고 홀가분한 뒷모습으로 멀어져 갔다. 남겨진 세영만이 뒤늦게 몰려드는 시간을 홀로 감당해야 했다.

다시 그런 순간이 온다면, 도망치지 않을 수 있을까. 세영은 자기가 그때 도망쳤다는 걸 비로소 인정했다. 지금껏 자신이 버린 줄 알았지만 미리 버려지기를 선택했을 뿐이라는 것도.

할머니의 마지막 얼굴은 잠든 아기 같았다. 살이 없어 도드라진 광대와 푹 꺼진 볼, 눈가와 입가엔 주름이 고스란히 보이는데도 세영의 눈에는 그랬다. 이제 할머니는 어떤 후회도 할 필요가 없겠지. 아직 후회할 일을 만들지 않은 아기처럼 보이는 건 그 때문인지도 몰랐다.

입관을 하는 동안 고모는 눈물을 한 방울도 흘리지 않았다. 그 대신이기라도 한 것처럼 고모부와 재현이 많이 울었다. 재현은 엄마가 아니라 아빠를 닮았구나. 나는 울 때 엄마를 닮았을까, 아빠를 닮았을까. 세영은 그런 생각이나 하면서 멍하니 서 있었다. 그러다 관이 닫히기 직전에야 겨우 할머니의 손을 잡아보았다. 차갑고, 딱딱하고, 매끄러웠다. 저번에 할머니를 보러 갔을 때 핸드크림을 선물했었다. 그 사실이 떠오르자 멀미하듯 속이 울렁거리기 시작했고 곧 토해내듯이, 꺽꺽 울음이 터졌다.

찬물로 오래 세수를 하고 빈소로 돌아온 세영에게 재현이 다가와 누나 손님이 많이 왔다고 알려주었다. "손님이 많이?" 세영은 어리둥절해져서 되물었다. 재현이 손가락으로 가리킨 곳을 보자 정말 한 무리의 사람이 보였다. 열 명이나 되었다. 알 것 같은 얼굴도 전혀 모르는 얼굴도 있었다. 그중에 하나, 분명하고 또렷한 얼굴이 있었다. 지수였다.

모바일 부고장을 받은 지수가 충무로영상센터에서 같이 수업을 들었던 사람들에게 연락을 돌렸다고 했다. 세영은 여전히 어리둥절했다. 다른 사람들은 물론이고 지수와도 센터에 다닌 1년 동안 특별히 친하게 지내거나 수업 외에 따로 시간을 보낸 적이 없었다. 지수의 연락처가 세영의 휴대폰에 저장되어 있었던 것도 지수가 수업 공지 사항을 수강생들에게 전달해 주는 반장이어서였다.

솔직히 말하면, 오직 그 이유 때문만은 아니었다. 세영은 힐끔힐끔 지수의 얼굴을 훔쳐보다가 눈이 마주치자 황급히 고개를 돌렸다. 여전히 예쁘네. 단발머리도 잘 어울리고.

"직접 뵌 적은 없지만 할머님이 가깝게 느껴져서 인사드려야겠다 싶었어."

지수의 말에 다른 사람들도 동의한다는 듯 고개를 끄덕였다. 세영은 그제야 이들이 모두 〈구전설화〉를 보았다는 사실을 떠올렸다.

세영이 찍은 할머니를 보고, 세영이 편집한 할머니를 알고 있는 사람들. 세영은 마음이 복잡해졌다. 이 사람들이 할머니를 안다. 이 사람들이 할머니를 안다고? 그래, 이 사람들은 할머니를 안다. 내가 알려주었다. 내가 아는 할머니를. 내가 아는 할머니? 그건 누구지? 나는 할머니를 아나? 얼마나?

세영의 혼란한 마음을 알 리 없는 사람들이 저마다 한마디씩 세영에게 위로의 말을 건네고 나자 대화의 화제는 자연스럽게 〈구전설화〉로 흘렀다. 세영은 수업을 듣는 동안 수강생들과 사적인 대화를 하는 일이 거의 없었고, 그래서 그들이 세영에게 할 수 있는 말도 〈구전설화〉에 대한 것일 수밖에 없었다.

"정말 아무 데도 안 보냈어요?"

"네."

"너무 아깝다. 잘 만들었는데."

"맞아, 나도 가끔 생각났어. 또 보고 싶더라."

"난 주변에 추천도 많이 했는데, 보여줄 방법이 없어서 얼마나 아쉽던지."

"감사합니다."

세영의 여지없는 대답 때문에 대화가 툭툭 끊겼다. 누군가 분위기를 바꾸려는 티가 역력한 목소리로 말했다.

"지수 씨는 그동안 어떻게 지냈어? 세영 씨도 지수 씨도 수업 끝나고 나서는 칼같이 모임에 안 나와서 다들 얼마나 궁금해했다고. 난 사실 오늘 두 사람을 한꺼번에 볼 수 있는 자리라 온 것도 있어."

그의 말에 세영은 조금 놀랐다. 당연히 지수가 여전히 사람들을 이끄는 모임의 중심이리라 생각했기에.

"제가 서울을 떠나서 모임에 나가기가 어려웠어요."

"서울을 떠나? 왜?"

"지역 영화제 사무국에서 일해요. 동천호수영화제라고 아세요?"

"그런 영화제가 있었나?"

"동천이면…… 충청북도 동천?"

"맞아요. 충북 동천. 제 고향이거든요."

"지수 씨는 완전 서울 사람인 줄 알았는데 시골 출신이라니, 의외다."

저 말은 좀 무례하지 않나. 세영과 같은 생각인 듯한 몇 사람이 눈치를 주었지만, 무례한 말을 한 사람은 계속해서 떠들었다.

"사투리도 안 쓰고, 외모도 세련된 편이잖아. 지수 씨는 그야말로 도시 여자 같은 느낌?"

"형 취했어? 나중에 부끄러울 말은 그만하자."

"그래, 그만 좀 해. 그보다 동천호수영화제 검색해 보니까 생긴 지 얼마 안 된 영화제네. 언니가 원년 멤버인 거예요?"

"맞아요. 4회까지 했고, 올해가 5회. 가을에 하니까 놀러 오세요."

지수가 마지막 말을 세영의 눈을 보면서 해서, 세영은 얼떨결에 고개를 끄덕였다.

삼일장의 마지막 날은 입춘이었다. 눈이 내렸다. 봄의 시작을 알리는 눈은 쌓이지 않고 바닥에 닿자마자 녹았다. 회색 아스팔트 바닥이 점점 검게 젖어들었다. "세영아" 하고 고모가 불렀다. 세영은 순간 할머니가 자신을 부른 줄로만 알았다. 고모와 할머니는 목소리가 하나도 닮지 않았는데. 아마도 세영이 가장 듣고 싶은 목소리여서 그렇게 들렸을 것이다. 고모가 세영의 품에 할머니의 영정 사진을 안겨주었다.

검은 리무진이 주차장에서 기다리고 있었다. 세영과 고모네 식구들, 그리고 할머니가 탈 차였다. 고모는 가족끼리 조용히 보내드리겠다며 할아버지 쪽 친척들이 발인을 함께하는 것을 사양했다. 할아버지와 할머니의 결혼 생활은 10년도 채 되지 않았고, 할아버지 쪽 친척들과의 인연은 고모로 인해 겨우 이어지고 있을 뿐이었으니 할머니도 아마 어색해하실 거라고. "할머니 덕분에 리무진을 다 타보네." 세영이 품 안의 할머니를 꽉 끌어안았다.

영정 사진을 안은 세영과 위패를 든 고모가 앞장섰다. 그 뒤로 고모부와 재현, 재현의 친구들이 할머니의 관을 들었다. 제복 차림의 운전기사가 할머니의 관이 가까이 다가오자 정중한 몸짓으로 모자를 벗고 고개를 숙였다. 그 모습을 본 고모가 우두커니 멈춰 섰다. 세영도, 뒤따르던 이들도 모두 걸음을 멈췄고, 할머니도 잠시 가던 길을 가지 않았다.

신기하게도 화장장까지 가는 동안 차가 정차하는 일이 한 번도 없었다. 화장장에 도착했을 땐 눈이 그치고 해가 났다.

장례를 마친 세영은 할머니와 살던 집 대신 고모네 집에서 이틀을 머물렀다. 그리고 하던 일을 마저 하러 부산으로 향했다. 부산에 새롭게 개장하는 미술관의 개관 행사를 촬영하는 일이었다. 원래라면 일주일 전에 도착해서 개관 전의 미술관 곳곳을 촬영할 계획이었지만 사정을 말하고 양해를 구했다. 대신 개관 기념 특별전이 열리는 동안 두어 차례 더 방문해서 작가 인터뷰와 관람객 스케치를 해주었다.

부산에서의 일이 다 마무리되자 3월이었다. 세영은 부산역 대합실에 멍하니 앉아 있었다. 쉴 새 없이 기차가 도착했고 또 다시 출발했다. 사람들이 몰려왔고 떠나갔다. 마중 나온 사람과 배웅하는 사람들까지 뒤섞여 번잡했다.

세영은 열차 시간표가 실시간으로 갱신되는 전광판을 바라보았다. 수많은 행선지의 이름이 나타났다가 사라졌다. 서울행 KTX에 탑승할 승객들은 승강장으로 내려오라는 안내 방송이 들렸다. 세영이 타야 할 열차였다. 하지만 세영은 자리에서 일어나는 대신 휴대폰을 꺼내 예매한 열차표를 취소했다. 벌써 몇 번째 반복하는 일이었다. 아침부터 그 자리에 앉아 한두 시간 뒤의 서울행 열차를 예매하고 막상 타야 할 때가 되면 취소했다. 뭘 어떻게 하고 싶은 건지, 제 마음인데도 알 수가 없었다.

누가 알려주면 좋을 텐데. 그렇게 생각했을 때, 그 마음의 소리를 듣기라도 한 것처럼 전화가 걸려 왔다.

2.

열차가 하루에 여섯 번 정차하는 동천역 2번 승강장으로 그날의 마지막 열차가 들어왔다. 정차 시간은 약 5분. 문이 열리기 무섭게 쏟아지듯 하차한 승객들이 일사불란하게 제 갈 길을 찾아 흩어졌다. 계단, 에스컬레이터, 엘리베이터를 이용하는 움직임에는 미리 연습이라도 한 것처럼 조금의 지체도 없었다. 그래야 했다. 밤 9시 50분에 동천역에 도착한 동천 사람이라면 마땅히 그래야 했다. 시 외곽에 위치한 동천역에서 동천 시내로 들어가는 버스 막차를 타려면 약간의 망설임도 허락되지 않았다. 택시를 타려 해도 마찬가지. 곧 시작될 야간 할증을 피하려면 버스를 타려는 사람들 못지않게 재빨리 움직여야 했다.

물길을 따라 물이 흐르듯, 사람들이 빠져나가고 열차마저 떠난 승강장에는 누가 봐도 동천에 처음 온 사람의 모습으로 주위를 둘러보는 한 명만이 남았다. 세영이었다.

"세영 씨, 양지수예요. 혹시 동천에 와서 나랑 같이 일할 수 있어요?"

부산역에서 지수의 전화를 받은 세영은 무슨 일인지 묻지도 않고 일단 하겠다고 했다. 하겠다고, 가겠다고. 호기롭게 전화를 끊고서 곧바로 동천행 열차를 찾아보았다. 하지만 부산에서 동천으로 가는 열차는 없었다. KTX는커녕 무궁화호도 없었고, 직통이 아닌 환승조차 없었다. 세영은 지수에게 다시 전화를 걸었다.

"바로 가고 싶었는데…… 사실 제가 지금 부산이거든요. 근데 동천으로 가는 열차가 없네요."

지수의 웃음소리가 들렸다. 예상한 것 같았다.

"서울이나 부산 같은 곳이 아니에요, 여긴."

이어서 지수는 당장 와야 할 만큼 급하진 않다면서 천천히 와도 된다고 말했다. 세영은 그제야 자신의 캐리어 속에 세탁해야 할 옷가지가 한가득이라는 걸 떠올렸다. 이젠 정말 집에 가서, 제대로 정리를 해야 할 때였다.

"그럼 일주일 뒤에 갈게요."

"좋아요. 도착하는 시간 알려주면 마중 나갈게요."

전화를 끊고 세영은 곧바로 승강장으로 향했다. 가장 빨리 출발하는 열차는 좌석이 매진되어 입석으로 탔다. 부산발 서울행 KTX 열차는 거의 30분에 한 대씩 있었고, 다음 열차를 타면 좌석에 앉을 수 있었지만 어쩐지 마음이 조급했다. 지금 당장 움직이지 않으면 후회할 것 같았다.

안개가 짙었다. 열차에서 내린 순간부터 온몸으로 습기가 달려드는 듯했다. 숨을 들이마실 때마다 폐에 물이 차는 기분이었다. 동천역 승강장을 메운 이 안개는 근처 동천호에서 피어오른 물안개일 것이다.

물안개의 도시, 동천.

세영은 지난 며칠간 동천에 대해 이것저것을 조사했다. 지도, 뉴스, 블로그, 이미지……. 포털사이트의 여러 카테고리를 오가며 알게 된 대부분의 정보가 동천시 면적의 가장 큰 부분을 차지하고 있는 인공호수, 동천호에 관한 내용이었다.

1980년대에 댐을 만들기 위해 계곡물을 막으면서 조성된 동천호는 하늘에서 내려다보면 오리의 옆모습 같은 형상을 하고 있어 오리호라는 별칭으로도 불렸다. 막상 물길을 막고 보니 댐을 만들기엔 담수량이 부족해 댐은 다른 곳에 만들어졌고, 이미 막은 물길을 다시 트는 일이 쉽지 않아 거대한 오리 모양의 호수만 남았다. 그 오리의 엉덩이 부근에 지수가 말한 동천복합문화센터가 있었다. 동천호수영화제 사무국의 사무실이 있는 곳이고, 세영이 앞으로 일하게 될 곳이었다.

세영은 위성사진을 확대해 센터 건물과 그 주변을 유심히 살폈다. 센터 정문 앞에 알파벳 조형물이 설치되어 있었다. DWHLFF. 알고 보는 사람도 선뜻 읽어내기 어려운 이니셜이라, 모르는 사람이 보면 도통 무슨 말인지 짐작도 하지 못할 것 같았다. 머리글자 D 옆으로 클래퍼보드를 들고 있는 오리 조형물이 서 있는 것이 힌트라면 힌트일까.

동천호수영화제의 공식 명칭이 '동천세계힐링호수영화제Dongcheon World Healing Lake Film Festival'라는 건 포털사이트보다 먼저 지수가 알려주었다. 너무 비웃지 말아 달라고, 동천시의 지원금으로 운영되는 행사여서 어쩔 수 없었다고 변명 아닌 변명을 하면서. '국제International'도 아닌 '세계World'라는 거창한 단위와 뜬금없이 끼어든 '힐링Healing'이라는 단어에서 알 수 있듯 누가 봐도 영화보다는 지역 홍보에 방점을 찍고 운영하는 행사임이 분명했다. 그래도 '자연과 인간, 휴식과 휴머니티'라는 다소 모호한 슬로건에 비해 상영되는 영화의 면면이 훌륭하다는 소문이 영화 애호가들 사이에 알음알음 퍼지고 있었다. 지수를 비롯한 사무국 직원들의 노고가 느껴졌다.

세영은 손에 든 카메라 가방을 슬쩍 내려다보았다. 몇 시간 전 중고 거래로 구매한 이 카메라 가방 때문에 이렇게 늦은 시각에 동천역에 도착한 것이었다. 중고임에도 꽤 고가여서 큰 맘 먹고 구매한 폴리카보네이트 재질의 가방. 이 가방이 동천호의 물안개로부터 세영의 전 재산이나 다름없는 카메라와 장비들을 지켜줄 것이다. 튼튼한 것은 물론이고 밀폐력이 특히 우수해서 바다에 빠져도 사막을 헤매도 끄떡없다던 판매자의 말은 반드시 진실이어야 했다.

세영은 한 손엔 카메라 가방을 들고 다른 손으로는 캐리어 손잡이를 끌며 안개 속에서 출구를 향해 걸었다. 미스터리 영화 속 등장인물이 된 기분이었다.

동천역사를 빠져나온 세영의 눈에 깜빡깜빡 비상등을 켠 차가 보였다. 지수에게 미리 들었던 빨간색 SUV였다. 예상보다 더 새빨간 색이어서 지수가 그토록 과감한 선택을 했다는 게 신기했다. 그런 속마음이 표정에도 고스란히 드러난 걸까. 아니면 차를 보는 사람마다 궁금해했던 걸까. 트렁크에 짐을 싣는 걸 도와주던 지수가 대뜸 말했다.

"동생 차예요."

"아, 어쩐지."

"저 여기서 동생 집에 얹혀살면서, 동생 차 빌려 타면서 지내요. 제 동생이 동천에서 끗발 좀 날리거든요."

끗발이라니. 지수가 이런 단어도 쓰는구나. 그러고 보니 이

전에 만났을 때와는 억양도 조금 다른 것 같았다. 동천 사투리일까. 세영은 서울에서와는 다른 지수의 모습을 알게 되어 기뻤고, 그런 티를 내지 않으려고 노력하면서 어색하게 맞장구를 쳤다.

"와, 좋네요. 끗발 있는 동생."

"하하, 맞아요. 좋아요."

세영이 지낼 숙소는 동천 시내 중앙에 자리한 낡은 아파트였다. 엘리베이터가 없는 5층 건물 일곱 동이 한 단지를 이루고 있었다. 계단이 제법 가팔라서 꼭대기 층이면 어쩌나 걱정했는데 다행히 3층이었다.

동산아파트 다동 301호는 20평 남짓한 크기였는데 거실이 따로 없는 대신 엇비슷한 크기의 방이 세 개나 됐다.

"동천에 연고가 없는 직원들에게 제공되는 숙소예요. 아직 본격적으로 올해 사무국 인력이 꾸려지지 않아서 비어 있었어요. 세영 씨가 첫 번째 입주자니까 제일 큰 방 쓰세요."

프로그램팀, 기획팀, 운영팀, 홍보팀으로 구성된 영화제 사무국은 각 팀의 팀장 한 명씩만 상근 직원이었다. 팀원은 매년 단기계약직 직원으로 뽑는다고 했다. 지수는 운영팀장이었다. 세영이 맡을 기록영상 촬영과 홍보영상 제작은 홍보팀의 일이었지만 현재 홍보팀장이 공석이라 지수가 세영에게 연락

한 것이었다.

“영화제 기간뿐만 아니라 준비하는 과정도 촬영하거든요. 다음 주에 올해 사무국 발족식을 할 예정이에요. 그때부터 찍어주시면 돼요. 같이 일할 직원들도 뽑고 있고요.”

지수의 설명을 들으면서 세영은 가져온 짐을 풀었다. 방마다 싱글침대와 옷장, 책상과 의자가 있었다. 카메라와 장비를 책상에 올려두고, 옷가지들을 옷장에 넣었다. 옷장 안에는 섬유유연제 냄새가 나는 침구가 들어 있었다.

“며칠 전에 세탁해서 넣어뒀어요. 바로 쓰시면 돼요.”

아침에 데리러 오겠다고, 사무실에 가서 사무국 사람들을 소개해 주겠다고 말하고 지수가 돌아갔다. 세영은 홀로 남아 숙소를 마저 살펴보았다. 곳곳에 생활하는 데 필요한 물건들을 세심히 준비해 둔 티가 났다. 냉장고엔 생수병이 넉넉히 들어 있었고, 싱크대 찬장에는 간단한 조리 도구와 식기들이 정리되어 있었다. 욕실에도 세면용품과 보송한 수건이 갖춰져 있었다.

세영이 샤워를 하고 나와 젖은 머리카락을 말리고 나자 어느새 자정이 넘은 시각이었다. 세영의 방과 나란한 방에 이어지는 긴 베란다가 있었다. 세영은 베란다로 나가 밖을 바라보았다. 지대가 높은 데다 단지의 외곽에 자리한 동이라 앞을 가로막는 건물이 없었다. 탁 트인 시야를 마주하자 오는 길에 오르막길이 제법 이어졌던 게 기억났다.

새카만 어둠 속에 드문드문 불빛들이 보였다. 차도를 비추는 가로등, 편의점과 주유소 간판, 몇몇 잠들지 못한 사람들의 방에서 새어 나오는 조명. 그것이 전부였다. 그 불빛들마저 안개 때문에 희미하게 일렁였다. 습기 때문인지, 바람도 불지 않고 기온이 영상인데도 쌀쌀하게 느껴졌다. 세영은 방에서 카메라를 가져와서 동천의 첫인상을 기록했다.

"동천에서의 첫날. 물안개의 도시라더니, 꼭 물속에 잠긴 것처럼 보인다."

세영은 종종 이렇게 혼잣말을 하면서 영상을 찍었다. 브이로그를 만든다거나 푸티지로 쓸 일이 있으리라 생각해서는 아니었다. 대부분은 다시 들여다보는 일도 없었다. 그저 일기를 쓰는 것처럼 혼자 떠들고 나면 어쩐지 마음이 편해졌다.

"앞으로 잘 부탁드립니다. 동천."

지수는 약속한 오전 8시 정각에 도착했다. 세영은 준비를 마치고 주차장에 미리 내려와 있었다. 안개가 걷힌 맑은 아침이었다. 세영이 조수석에 타자 지수가 텀블러를 내밀었다.

"모닝커피, 나만 마시기에 뭐해서 챙겨 왔는데."

"마침 필요했어요. 고마워요."

"맞다. 어제 얘기 못 했는데, 여기 석회수 지역이거든요. 그래서 생수를 사 먹거나 정수기를 써야 하는데, 어느 쪽이 편해요? 혹시 피부가 예민하면 욕실에도 필터를 달면 좋고요."

세영은 정수기를 쓰겠다고, 욕실 필터는 괜찮을 것 같다고 말했다. 지수가 빠른 날짜로 정수기 설치 예약을 해주겠다고 했다.

"석회수라니, 유럽 같네요."

그 말에 지수가 피식 웃었다. 유럽에도 대도시만 있는 건 아닐 테니 틀린 말은 아니라면서.

사거리가 나올 때마다 지수가 가이드처럼 동천 지리를 설명해 주었다. 좌회전하면 시청이 있고, 우회전하면 우체국이 있어요. 우린 직진할게요. 저기서 좌회전하면 시외버스터미널이 나와요. 우회전하면 별거 없어요. 우린 또 직진할게요.

서울이었다면 한창 출근길 교통체증이 심할 시각이었지만 동천의 도로는 한산했다. 지수가 운전하는 차는 정지신호에 걸릴 때가 아니면 멈추지 않고 달렸다. 직원들을 위한 숙소라고 해서 사무실에서 가까운 줄 알았는데 동산아파트부터 동천복합문화센터까지는 제법 거리가 있었다.

"이번 주에 올해 예산 확정되고 다음 주에 발족식 하면 업무용 차량도 배정될 거예요. 출퇴근도 업무니까 타고 다니시면 돼요. 면허 있죠?"

"있어요."

"다행이다. 차 없으면 사무실 오가기 불편하거든요."

"버스는 없나요?"

"버스가…… 있긴 한데, 있기만 하다고 해야 하나. 한 시간에 한 대 정도 오는데 시간 맞추기가 어려워서. 매번 택시 타는 수밖에 없는데 돈도 돈이지만 번거롭고."

지수가 혼잣말처럼 중얼거렸다. 그러고 보니 도로에 버스가 한 대도 보이지 않았다. 버스 정류장도 눈에 띄지 않았다. 동천호는 동천시의 대표적인 관광지인데도 시내를 오가는 버스가 자주 배차되지 않는다는 것이 세영은 의아했다. 아닌가, 관광지라서 그런가. 동천 사람들에겐 굳이 자주 오갈 필요가 없는 곳일지도. 세영은 그런 추측을 해보았다.

어느 순간 주변 풍경이 바뀌었다. 왼쪽으로는 키가 큰 나무들이 빽빽하게 늘어섰고, 오른쪽은 산을 깎아 만든 절벽이었다. 절벽 쪽으로는 길을 넓히는 공사를 하는 중이었다. 곳곳의 표지판에서 오리 캐릭터가 화살표를 들고 이 길이 동천호로 향하는 진입로임을 알리고 있었다.

"저 오리가 동천시 마스코트인가요?"

"아, 도리요? 동천시는 아니고 동천호 마스코트예요. 우리 영화제 마스코트도 겸하고 있고요."

도리구나. 도리. 이름을 알고 나니 흰 몸통에 노란 부리를 가진 오리 캐릭터의 다양한 표정이 눈에 들어왔다. 어떤 표지판에서는 웃고 있고, 어떤 표지판에서는 살짝 째려보고 있었다. '절대 서행! 안전 운전!'이라는 안내판을 들고 있을 때는 근엄하기까지 한 표정이었다. 오리 주제에, 근엄하다니. 세영은 자기도 모르게 미소를 지으며 말했다.

"귀엽네."

그 말을 들은 지수가 속으로 '그죠, 귀엽죠, 도리 진짜 귀여워요' 하고 마치 도리를 자기가 만들기라도 한 듯이 자랑스러워했다.

동천호수영화제의 사무국장은 낯빛이 어둡고 머리가 희끗희끗한 남자였다. 넥타이를 지나치게 졸라맨 것이 눈에 띄었다. 악수를 하면서 세영의 눈을 똑바로 쳐다보는 눈빛이 매서웠다. 영화제 사무국장이라기보단 형사나 탐정이 더 어울릴 법한, 상대의 속마음을 꿰뚫어 보려고 빛나는 눈이었다. 흔한 화분 하나 없이 필요한 가구들만 최소한으로 비치된 삭막한 국장실이 꼭 취조실처럼 느껴졌다. 세영은 괜히 움츠러들었다. 테이블에 마주 앉기라도 했다간 뭐든 술술 불어버릴 것만 같았다. 다행히 국장은 나가려던 참이었다.

"차라도 한잔 마시면 좋겠지만, 아쉽게도 시청에서 회의가 있어서 말이에요."

"전 괜찮습니다."

"그래요, 그럼. 양지수 씨가 박세영 씨를 다른 분들한테 잘 소개해 주시고요."

"네, 국장님."

세영은 국장의 억양으로 동천 사투리의 특징을 파악할 수 있었다. 지수에게서 어렴풋이 느꼈던 낯선 억양이 국장의 말투에서는 크게 도드라졌다. 국장이 사무실을 나가자 지수가 세영에게 속삭였다.

"어디서 본 것 같지 않아요?"

"네?"

"국장님, 배우거든요. 영화에 부패한 형사나 비리 검사로 잘 나오는."

"아."

듣고 보니 어떤 장면들이 떠올랐다. 잠복 중인 동료 형사의 음료에 몰래 수면제를 타거나 정의로운 변호사에게 독한 욕설을 하는 모습이. 그런 역할을 자주 하다 보면 연기를 하지 않을 때도 비슷한 분위기를 풍기게 되는 걸까.

"국장님도 동천 출신이세요. 그래서 아주 바쁘신데도 국장 자리를 맡으신 거죠. 요즘은 영화보단 드라마에 많이 나오시는데, 촬영 때문에 자리 비우실 때가 많아요. 오늘은 시청에 예산 회의하러 가신 거지만."

지수의 말에서 가시가 느껴졌다. 존중받지 못한 사람이 품는 뾰족한 마음이. 세영은 그간 여러 집단의 사람들과 짧은 기간 동안 압축적으로 일하면서 일터에서의 존중은 사람으로서 존중하는 건 물론이고 서로가 하는 일까지도 존중해야 가능하다는 걸 배웠다. 국장에겐 어느 쪽의 존중이 부족할까. 경험에 따르면, 아마 오래지 않아 알게 될 터였다.

지수가 세영을 사무실로 안내했다. 파티션으로 나뉜 네 개의 구역은 안쪽부터 프로그램팀, 기획팀, 운영팀, 홍보팀 순으로 각 구역의 가장 상석이 팀장 자리였다. 공석인 홍보팀장 자리와 지수의 자리인 운영팀장 자리를 뺀 나머지 팀장 자리에 앉아 있던 두 사람이 세영과 지수를 발견하고 자리에서 일어섰다. 프로그램팀장이자 수석 프로그래머인 정유선과 기획팀장인 이정훈이었다. 지수와 마찬가지로 호수영화제의 원년 멤버들이었다.

통성명을 하고 인사를 나눈 다음 세영은 지수로부터 지난 영화제의 영상이 저장된 외장하드를 받았다. 첫해에는 시청과 연간 계약을 한 업체에서 촬영과 편집을 맡았고, 다음 해부터는 홍보팀에서 단기 계약직으로 촬영이 가능한 직원을 뽑고 전문 업체에 편집을 맡겼다고 했다. 세영은 편집이 완료된 트레일러나 광고, 하이라이트 영상뿐만 아니라 촬영본 전체를 살펴볼 생각이었다. 영화제를 촬영하는 건 처음이었고, 행사 기간뿐만 아니라 준비 과정까지 기록영상을 찍으려면 공부가 필요했다. 인수인계해 줄 사람이 없으니 남은 영상을 보는 수밖에 없었다. 800시간에 달하는 분량이었다. 촬영을 시작하기 전에 다 보려면 4배속으로 봐야겠다고 생각했다. 촬영본 파일은 촬영 날짜별로 저장되어 있었다. 세영은 첫 번째 파일을 클릭했다.

'(가)동천호수영화제 개최 준비위원회 제3차 비상대책회의. 2020년 2월 3일 오후 2시. 동천시청 소회의실.' 자막과 함께 회의실에 둘러앉은 사람들의 모습이 보였다. 모두 KF94 방역 마스크를 쓰고 있었다.

"그때 생각만 하면 지금도 머리가 막 아프다니까요."

이정훈이 진저리를 치며 말했다. 정말 두통이라도 느끼는 것처럼 온 얼굴을 찡그리기까지 했다. 그러면서도 조리용 집게를 든 양손을 부지런히 움직여 철판 위의 닭갈비가 골고루 익도록 뒤적거렸다. 넉살이 좋은 남자였다. 정유선이 이어 말했다.

"그 비상대책회의 아마 17차까지인가 했을 거예요. 코로나 때문에 매일같이 정부에서 방역 지침을 새로 내리던 때였으니까."

"뒤에는 별 내용 없을걸요. 이미 부대 행사는 대부분 취소하기로 했고, 상영관에 관객을 몇 명 들여보낼지 숫자만 붙들고 있었잖아요. 그때 협찬받았던 거 다 되돌려주면서 얼마나 아까웠는지. 정 프로님도 기억나시죠?"

"어떻게 잊겠어요. 이 팀장님하고 양 팀장님하고 이리 뛰고 저리 뛰고 하면서 얼마나 고생했었는데."

"역시 우리 고생 알아주는 거 정 프로님밖에 없다니까."

이정훈이 크흑, 눈물을 삼키는 척 과장된 소리를 냈다. 지수가 그를 위로하듯 어깨를 토닥였다. 세영은 두 사람이 꽤 친밀해 보여서 신경이 쓰였다. 그냥 죽이 잘 맞는 동료 사이일까, 아니면 혹시? 두 사람을 빤히 보다가 지수와 눈이 마주쳤다. 놀라서 젓가락이 가는 대로 밑반찬을 집어 급하게 입에 넣었다. 하필 고추장아찌였다. 시큼한 맛에 저도 모르게 한쪽 눈이 찡긋 감겼다. 윙크한 줄 알면 어쩌지? 괜한 걱정까지 했지만, 지수는 그런 세영을 신경도 쓰지 않는 것 같았다. 정유선에게 다정하게 말을 건넬 뿐이었다.

"그래도 그때 영화제가 없어지지 않고 열릴 수 있었던 건 다 정 프로님 덕분이죠. 시청이고 도청이고 다 찾아가서 싸우셨잖아요."

"아이, 참. 싸우긴요. 세영 씨, 오해하지 말아요. 저 그렇게 막 싸우고 다니는 사람 아닙니다. 건의와 토의를 통해 합리적인 결론에 도달했었던 거예요."

"그러셨을 것 같아요. 오해 안 하겠습니다."

세영이 맞장구를 쳐주자 정유선이 기분 좋게 웃었다. 동천 호수영화제는 2020년 10월에 처음 열렸다. 2020년은 코로나19 팬데믹 때문에 거리 두기와 자가 격리로 길에 행인조차 적을 때였다. 기존의 영화제들도 취소되거나 축소 운영했던 걸 세영도 기억했다. 막 시작하는 영화제가 하필 그런 위기를 맞닥뜨렸으니 얼마나 힘들었을까. 그 시기를 함께 헤쳐 나온 세 사람 사이에는 대체할 수 없는 인정과 믿음이 존재할 것이다. 세영은 자신도 그런 동료를 갖고 싶다고 생각했다. 지금껏 누군가에게 인정받고 누군가를 믿는 것이 두려워 철새처럼 옮겨 다니길 선택했으면서. 욕심 많은 스스로가 부끄러웠다.

이미 테이블 위에 반찬 접시가 가득한데도 식당 사장님이 쟁반을 들고 다가왔다. 작은 뚝배기에 담긴 계란찜에서는 김이 폴폴 올라왔고, 차가운 콩나물국이 자리마다 한 사발씩 놓였다.

"술은 안 하시고?"

풍채 좋은 사장님이 은근하게 물었다. 시선이 정확하게 정유선을 향해 있었다. 연장자를 단번에 알아보는 노련함이 놀라웠다. 점심인데도 식당 안에는 술병이 놓인 테이블이 여럿 보였다.

"저희가 근무시간이라서……."

목소리에 아쉬움이 진하게 묻어나는 정유선을 이정훈이 능숙하게 달랬다.

"조만간 세영 씨 환영 회식 해야 하니까. 그때 제대로 한잔 하시죠."

정유선의 눈이 다시 활기를 띠었다.

"세영 씨는 주력 주종이 뭐예요?"

단어 선택에서도 애주가라는 티가 났다.

"저는 다 괜찮습니다."

"어머, 술 좀 마시나 보다. 기대되네. 아, 막걸리는 어때요? 동천 특산주가 복숭아막걸리거든요."

정유선이 세영의 뒤쪽을 가리켰다. 세영이 고개를 돌려보니 벽에 커다란 광고지가 붙어 있었다. '동천의 특산품, 동천의 자랑, 동천 복숭아막걸리!'라는 문구 아래로 분홍색 병이 보였다. 병의 겉면에는 복숭아 캐릭터가 꽉 차게 인쇄되어 있었다.

"생긴 거는 저래도 맛은 좋아요."

세영의 시선이 복숭아 캐릭터에 멈춘 걸 알아챈 이정훈이 변호하듯 말했다. 빈말로도 귀엽다고는 할 수 없는 캐릭터였다. 분홍색 복숭아 위로 눈코입이 그려져 있었는데, 웃는 얼굴을 표현한 휘어진 눈매와 입술이 영 부자연스러웠다. 게다가 복숭아를 얼굴 겸 몸통으로 쓰는지 눈 양옆으로 두 팔이, 입 아래로 두 다리가 대大자로 활짝 펼쳐져 있었다. 평면적으로 표현된 복숭아 부분에 비해 팔다리에는 입체감이 있어서 더욱 묘했다.

“불쾌한 골짜기가 좀 있죠? 저 복숭아, 얼굴인지 몸통인지랑 팔다리의 그림체가 안 맞는달까.”

“왜, 난 복동이 귀여운데.”

지수가 뾰로통하게 말했다. 복숭아의 복, 동천시의 동. 복동이는 동천복숭아농가협회의 마스코트로, 동천의 대표 특산물이지만 최근 기후가 바뀌어서 작황이 좋지 않은 복숭아를 홍보하기 위해 열심히 일하고 있다고도 덧붙였다.

“저번에 동천역 앞에서 춤추면서 복숭아 젤리 나눠 줄 때, 얼마나 열심이던지. 감동했다니까요.”

“가만 보면 양 팀장님은 참 저런 거 좋아해. 저번에 부천판타스틱영화제 답사 갔을 때도 무슨 손가락 인형이랑 사진 찍더니.”

“무슨 손가락이라뇨, 부천시 마스코트 부천핸썹이에요.”

발끈했던 지수가 놀란 세영의 얼굴을 보고는 수그러들었다. 머쓱해하는 지수를 놓치지 않고 이정훈이 왜 당당하지 못하느냐고 놀렸고, 정유선이 이정훈을 말리는 척 부추겼다. 그 티격태격이 세 사람의 익숙한 놀이인 듯 지수는 불쾌해하지 않았다. 네트를 넘나드는 탁구공처럼 주고받는 말에는 반칙이 없었다. 잘 짜인 각본의 코미디 만담 같았다. 세영은 지수의 새로운 모습을 또 하나 보았다는 사실이 좋아서 실없이 웃었다. 그리고 앞으로도 또 다른 발견의 순간을 마주하리라는 기대로 마음이 설렜다.

세영이 19차까지 진행된 2020년의 비상대책회의를 8배속으로 훑어보고 마침내 개막식 촬영본을 재생했을 때, 사무실 문이 거칠게 열렸다. 내던지다시피 열린 문이 벽에 부딪치며 요란한 소리를 냈다. 이어폰을 끼고 있는 세영이 듣기에도 깜짝 놀랄 만큼 큰 소리였다. 세 팀장이 튕기듯 자리에서 일어섰다. 국장이 불쾌한 얼굴로 서 있었다. 술을 마셨나? 세영이 미간을 찌푸리며 그를 훑어보았다. 아까까지 꽉 졸라매고 있던 넥타이가 헐겁게 늘어졌고, 단정했던 머리카락도 헝클어져 있었다. 누군가와 드잡이라도 한 모습이었다.

"정유선 씨, 이정훈 씨, 양지수 씨. 당장 국장실로 오세요."

3.

세 팀장이 국장실에서 돌아온 것은 한 시간 정도 지나서였다. 그사이 세영은 드론으로 촬영한 제1회 동천세계힐링호수영화제 개막식 영상을 정속으로 보았다.

개막식은 일반 관객 없이 진행되었다. 무대 아래에는 관계자들과 초청 귀빈들이 멀찍이 거리를 두고 놓인 의자에 마스크를 쓰고 앉아 있었다. 맨 앞줄엔 개막작으로 선정된 영화 〈호수의 사랑〉의 주연배우들이 자리했다. 한국 독립영화인 〈호수의 사랑〉은 호수영화제에서 의뢰해서 만들었나 싶을 만큼 개막작으로 딱 맞는 영화였다. 제목에 호수가 들어갈 뿐만 아니라 인물들이 호숫가를 산책하는 장면이 많이 나왔다. 주인공 이름도 호수였다. 호수 역을 맡은 배우는 당시엔 출연작이 〈호수의 사랑〉뿐인 신인이었는데, 이후 여러 작품에서 활약해 이제는 누구에게나 연기력을 인정받는 원숙한 배우가 되었다. 2020년 10월 호수영화제에서 개막식을 포함해 세 번 상영된 〈호수의 사랑〉은 2021년 3월에 정식 개봉했다.

세영은 〈호수의 사랑〉을 극장에서 보았다. 개봉 첫 주말, 인디스페이스에서였다. 상영이 끝나고 감독과 주연배우들이 참석하는 관객과의 대화 행사가 있었는데, 한 배우의 팬이 세영에게 행사 촬영을 의뢰했다. 개인의 의뢰치고는 보수가 꽤 높았고, 요구 조건도 확실했다. 카메라를 두 대 준비해 행사 내내 앵글을 고정해서 찍을 것. 한 대는 행사 무대를 풀 숏으로 찍고, 다른 한 대는 지정한 배우의 바스트 숏을 찍을 것. 좌석도 그 팬이 예매해 주었는데, 촬영하기 좋은 위치인 데다가 카메라를 설치하기 편하게 연달아 세 석이나 예매한 철두철미함에 감탄했다. 나중에야 그 배우가 아이돌 출신이라 열성팬이 많다는 것도, 그런 열성팬들이 여러 사정으로 직접 가지 못하는 행사나 공연에 '대리 촬영'을 맡기는 일이 종종 있다는 것도 알게 되었다.

세영은 그날 찍은 영상이 혹시 팬 커뮤니티에 올라오진 않았나 궁금해서 찾아봤지만 어디에서도 찾을 수 없었다. 그 팬은 세영에게 그 영상이 '개인 소장용'이라고 했었다. 정말 혼자서만 보고 혼자서만 간직하기 위해 돈을 쓰고 사람을 구해 영상을 찍게 한 걸까. 그 마음을 알 것도 같고 영 모르겠다 싶기도 했다. 세영도 자기 자신만을 위한 영상을 찍을 때가 있었지만, 영상을 찍는다는 행위에 방점을 두었지 그 영상에 담기는 대상을 특정하진 않았으니까. 언젠가 자신에게도 그런 날이 올까. 오직 하나의 대상만을, 온전히 스스로를 위해서 찍는 날이.

삼중창 같은 한숨 소리가 세영을 상념에서 건져냈다. 보던 영상은 어느새 끝나 있었고, 세 팀장이 사무실로 들어오며 내뱉은 커다란 한숨이 이어폰 틈새로 들어와 세영의 고막을 울렸다.

"괜찮으세요?"

무슨 말이라도 해야 할 것 같아서 한 말이었지만, 질문이 무색할 정도로 전혀 괜찮지 않은 얼굴들이었다. 정유선이 모두를 둘러보며 말했다.

"오늘은 이만 퇴근들 합시다. 더 앉아 있어봐야 속만 시끄러울 테니."

왔던 길을 되짚어 숙소로 돌아가는 동안 지수는 아침과 달리 말이 없었다. 세영은 국장실에서 있었던 일이 궁금했지만, 지수가 먼저 이야기해 줄 때까지 잠자코 있었다. 시간이 느리게 흐르는 것 같았다. 그 적막이 어색한 건 세영뿐만이 아니었던지 지수가 라디오를 켰다.

디제이가 청취자 사연을 읽고 있었다. 바나나를 좋아해서 자주 먹었는데, 알고 보니 바나나 알레르기가 있었다는 내용이었다. 저는 바나나의 톡 쏘는 맛이 좋아서 먹었는데, 원래 바나나는 톡 쏘지 않는다면서요? 그럼 다들 바나나를 무슨 맛으로 먹나요? 디제이가 자신은 망고 알레르기가 있다고 말했다. 남들은 망고가 달다는데 자기 입에는 알싸하기만 해서 이상했다고. 알레르기가 심한 분들은 발진 때문에 생명이 위독해질 수도 있으니 주의하라는 말과 함께 신청곡 소개가 이어졌고, 곧 노래가 흘러나왔다. 바나나 알레르기가 있는 원숭이가 그래도 바나나를 좋아한다고 고백하는 경쾌한 멜로디의 노래였다. 노래는 2절로 넘어가기 전에 끊겼고, 교통정보 안내가 시작되었다.

"사실 여기서는 운전할 때 라디오를 잘 안 들어요. 서울 얘기만 해서."

지수의 말처럼 교통정보는 서울 시내의 도로 상황을 설명하고 있었다. 혹은 서울을 빠져나가는 길과 서울로 들어오는 길에 대해서. 세영이 어렵지 않게 머릿속에 그려볼 수 있는, 너무나 익숙한 서울 곳곳의 지명들이 들려왔다. 소통이 원활하다는 길과 사고가 났다는 지점, 공사 때문에 통제 중이라는 구역과 그 때문에 우회해야 하는 경로까지. 이곳 동천과는 100킬로미터 넘게 떨어져 있는, 쓸모없는 정보들이.

"동천에는 따로 라디오 방송국이 없으니까 서울 방송을 받아서 송출만 하거든요. 교통정보나 뉴스도 다 서울 이야기라서 귀에 잘 안 들어와요. 디제이들이 서울 날씨 이야기하는 것도 멀게만 느껴지고. 그래서 점점 안 듣게 되더라고요. 예전엔 그래서 좋았는데……. 어릴 땐 라디오에서 나오는 서울 얘기 듣는 걸 좋아했어요. 서울에 첫눈이 내렸다고 하면, 여긴 하늘이 쨍하니 맑아도 내가 첫눈을 맞은 것처럼 설레고. 근데 서울에서 몇 년 살다가 다시 동천에 오니까, 서울 얘기만 하는 게 지겹더라고요. 서울엔 다 있고, 서울에만 다 있으니까."

서울은 세영에게 가장 익숙한 곳이었다. 태어나고 자란 도시, 수없이 떠나면서도 언제고 돌아가리라 생각하는 곳. 지수에게 서울은 어떤 곳일까. 그리고 동천은. 세영이 서울을 생각하듯 지수도 동천을 생각할까. 운전대를 두 손으로 꼭 잡고서 앞을 보고 있는 지수의 옆얼굴을 세영은 슬쩍 훔쳐보았다.

동산아파트 주차장에 차를 댄 지수가 조금 걷자고 제안했다. 근처에 하천이 있었고, 두 사람은 그 옆으로 이어지는 산책로를 걸었다. 걷다 보니 작은 정자가 보였다. 원래부터 거기에 가기로 했던 것처럼 자연스럽게 정자로 들어가서 난간에 나란히 걸터앉았다.

"올해 영화제를 못 할지도 몰라요."

세 팀장이 국장실에서 들은 이야기는 황당했다. 동천시에서 올해 영화제에 지원하기로 했던 지원금을 전액 삭감하겠다고 통보했다는 것이다. 국장은 항의했지만 이미 결정되었다는 말만 되풀이해서 들었다고 했다.

"사업성이 없대요. 수익이 하나도 안 난다고. 매년 적자인데 지원금을 주니까 의지하는 거 아니냐고. 지원금에 기대지 말고 자립을 하라고 했다는 거예요."

"그게 무슨 소리예요? 누가 영화제로 수익을 내요?"

호수영화제는 비경쟁 영화제로, 상영작은 전부 초청작이었고 관객들은 무료로 관람했다. 하지만 관객들에게 유료로 티켓을 판매했더라도 수익을 낼 수는 없었을 것이다. 영화제는 애초부터 수익을 위한 사업이 아니었다. 영화제의 본질은 영화라는 경험을 더 많은 사람들과 나누는 데 있었다. 세영이 아는 그 어떤 영화제도 다른 이유로, 그것도 돈을 벌기 위해서 열리지는 않았다. 게다가 호수영화제는 지역 홍보의 목적도 있는, 아니 그 목적이 더 큰 영화제였다.

"사업성이니 수익이니 자립이니 다 핑계겠죠. 영화제에 지원할 돈을 다른 데 쓰려나 봐요. 돈 쓸 사람이 바뀌었거든요."

지난달 보궐선거가 있었다. 전임 동천시장이 선거법 위반으로 해임되고 새롭게 선출된 동천시장은 동천을 완전히 바꾸겠다고 선언했다. 그리고 그 바꿔야 할 대상에 호수영화제가 포함되어 있었다. 전임 시장은 지난 선거에서의 당선이 3선째였는데, 그동안 자신의 업적 중 하나로 호수영화제를 개최하고 5만 명의 관광객을 유치했다는 것을 크게 광고했기 때문에 새 시장이 못마땅해했으리라는 게 이정훈의 추측이었다. 정유선은 "하여간 선출직들 전임자 흔적 지우는 게 승자의 퍼포먼스인 줄 아나. 무슨 산 정상에 깃발 꽂듯이 이거 날리고 저거 날리고 난리들이야!"라고 분노를 터뜨렸다. 국장은 "이 사태를 어떻게 할 건지 대책들 세워서 내일 중으로 보고서 올려요"라는 말만 남긴 채 나가버렸다. 세 팀장이 국장실에 한 시간이나 있었던 건 그 '대책'이란 것을 논의하기 위해서였다. 당연하게도 대책이 술술 나올 리가 없었고, 번갈아가며 새 시장에 대한 원망과 저주를 쏟아내다가 사무실에 세영이 남아 있다는 걸 떠올리고 일단 퇴근해서 각자 생각을 정리하기로 했던 것이다.

"미안해요, 동천까지 왔는데. 일이 이렇게 됐네요."

"아니에요. 이럴 줄 누가 알았겠어요. 그보다 영화제는 정말 못 하는 건가요?"

"방법을 찾아봐야겠지만…… 쉽지 않겠죠."

"아쉽네요. 기대하는 분들도 많이 계실 텐데."

호수영화제는 1회째엔 코로나19 때문에 제한된 인원의 관객들만 사전 예약을 통해 찾아왔지만, 2회부터는 다양한 부대 행사를 준비하고 관광객을 불러들였다. 팬데믹 이후 동천에서 열리는 첫 축제이기도 해서 동천시민 전부가 기대를 걸었다. 전국 기차역과 버스터미널에 광고를 내보냈고, 동천역과 동천시외버스터미널에서는 무료 셔틀버스가 관광객을 맞았다. 동천호 주변으로 각종 놀이기구가 설치되고 특산물 장터가 열렸다. 각설이 품바부터 트로트 가수와 아이돌 그룹에 이르기까지 공연이 끊이지 않았다. 마침 2021년 10월은 개천절과 한글날이 모두 주말이어서 대체 휴일까지 열흘이 넘는 황금연휴가 있었다. 호수영화제는 그 기간에 맞춰 열렸다. 영화애호가들은 같은 기간 열린 부산국제영화제를 찾았지만, 가족 단위의 관광객들이 동천호 주변에서 부대 행사를 즐기는 틈틈이 상영관에 앉아 영화를 보았다. 입소문을 타고 3회에는 더 많은 관광객이 찾아왔다. 4회부터는 영화 애호가들 사이에서도 가볼 만한 영화제로 인정받기 시작했다. 그러니 올해 열릴 5회를 기대하는 사람들이 적지 않을 것이다. 물론 그중에서 가장 기대하는 사람들이라면…….

"할 수 있지 않을까요. 지원금 없이도."

세영이 지수의 표정을 살피며 조심스럽게 말했다. 그저 위로만을 위한 선부른 낙관처럼 들리지 않았으면 했다. 응원과 존중이 전해지기를 바랐다. 4년 동안 5만 명이 찾아온 동천호수영화제는 동천시장의 업적이 되기 위해 만들어진 게 아니었으니까. 세영은 점심을 먹으러 나서던 길에 정유선이 했던 말을 똑똑히 기억했다. "우리 다 동천 출신이에요. 사무국에서 만나기 전까진 서로 존재도 몰랐지만, 어쩌면 한 번쯤은 같은 극장에서 같은 영화를 보면서 같이 있었을지도 모른다고 얘기했었어요. 우리가 어릴 때, 동천엔 극장이 하나였거든요. 그런데 이제 동천에서 영화제가 열려요. 그 일을 우리가 하고 있네요." 동천복합문화센터로 출근할 때, 영화제 사무국 사무실로 문을 열고 들어갈 때, 정유선은 새삼스럽게 신기하다고 했다. 그렇게 말하는 정유선을 바라보는 이정훈과 지수의 얼굴이 얼마나 다정했던가. 같은 마음을 가진 사람들이 주고받을 수 있는 온기가 얼마나 따스했던가.

세영은 지수가 편하게 생각을 정리하도록 하천으로 시선을 돌렸다. 새끼들을 이끌고 물 위를 떠다니는 새가 보였다. 처음 보는 새였다. 어미 새는 갈대 빛깔의 깃털을 가졌고, 새끼들은 솜털이 보송보송했다. 세영은 새들이 물결을 따라 유유히 떠가는 모습을 바라보았다. 새들이 멀어져서 작은 점처럼 보일 때쯤, 지수가 다짐하듯 말했다.

"할 수 있을 거예요. 할 거니까, 해야죠."

세영은 당분간 사무실에 출근하지 않고 숙소에 있기로 했다. 세 팀장이 결론을 찾을 때까지 기다리기로. 지수는 미안해

하면서도, 세영이 동천을 떠나지 않고 남겠다고 하자 기쁨을 감추지 못했다.

"이상하게 생각할지도 모르지만……."

든든하네요.

세영은 지수가 그 말을 하면서 지었던 표정을, 그 잊지 못할 얼굴을 떠올리며 따라 말해보았다. 든든하네요, 든든.

7년 전 충무로영상센터에서 지수를 처음 만났을 때, 그때의 지수야말로 든든한 사람이었다. 장르와 계보를 포함한 영화 이론에서부터 촬영 장비와 편집 프로그램 사용법까지, 아무것도 모르는 세영을 무시하거나 답답해하지 않고 친절히 하나하나 가르쳐준 사람이 지수였다. 공부가 될 좋은 영화들을 소개해 준 것도, 그 영화들을 한국영상자료원 시네마테크에 가면 볼 수 있다고 알려준 것도. 세영은 지수와 그곳에서 특별전 상영작을 같이 본 적도 있었다. 단둘이는 아니고, 같은 수업을 듣는 수강생들과의 단체 관람이긴 했지만.

돌이켜 보면, 그때 세영은 정말 영화에 대해 아무것도 몰랐다. 아무것도 모르면서 왜 영화를 찍겠다고 마음먹었나 하면, 카메라가 있었기 때문이다. 단종된 지 오래인 캠코더가 할머니의 옷장 안 깊숙한 어둠 속에 있었다. 한 번도 포장을 뜯지 않은 듯이, 출시되었을 때처럼 상자에 담긴 채로, 새것이면서 오래된 것이 되어 낡아가고 있었다. 거기 있는데도 없는 거나 마찬가지로 대하는 할머니를 보면서 아빠의 물건이겠구나, 짐작했다.

그 카메라가 아빠의 물건이면서 아빠의 물건이 아니라는 건 스무 살이 되어서야 알았다. 해가 뉘엿뉘엿 기울어갈 즈음에 할머니와 마주 앉아 이른 저녁을 먹는 자리에서였다.

스무 살 세영의 일과는 할머니의 일과에 업혀 있었다. 동이 트기도 전에 눈을 뜨는 할머니가 이부자리를 정리하기 시작하면, 세영도 침대에서 빠져나와 커튼을 젖혔다. 아침으로는 우유 한 잔. 매일 시장에 나가 그날의 장을 보는 할머니의 뒤를 장바구니를 들고 따라나섰다. 콩나물, 열무, 도라지, 시금치 따위를 다듬으며 텔레비전을 보았다. 갓 지은 밥과 새로 만든 반찬으로 점심을 먹고, 인스턴트커피를 한 잔 마시고 나면 졸음이 몰려왔다. 까무룩 낮잠을 자고, 눈이 떠지면 일어나 빨래나 청소를 했다. 하루가 금방 갔다.

영원히 그런 매일을 살 수 있을 것 같았다. 그게 좋아서라기보다 다른 걸 좋아하지 않아서, 좋은 걸 달리 찾을 수가 없어서 시간이 흐르는 대로 흘러가고 있었다. 할머니는 그런 세영에게 별다른 말을 하지 않았다. 남들처럼 살라고 잔소리를 하거나 왜 유별나게 구느냐고 다그칠 수도 있었을 텐데, 한 번도 그런 적이 없었다.

그 시기에 저녁을 먹을 때마다 할머니는 술을 한 잔씩 마셨다. 한 손에 알맞게 잡히는 유리컵에 딱 한 잔씩만. 늘 그렇듯이 도수가 높은 술로. 세영도 꼬박꼬박 한 잔씩 얻어 마셨다.

“네 아빠는 독일에 가려고 했었다.”

할머니가 그 말을 했던 건 아마 그때 마시고 있던 위스키가 독일산이기 때문이었을 것이다. 고모부의 출장 선물이었다.

“독일에?”

“그래, 너랑 네 엄마를 다 데리고 독일에 가겠다고 했지.”

“아빠가? 왜?”

“무슨 공부를 하겠다고 했는데, 뭐였는지는 다 잊어버렸다. 어려운 말이라.”

세영의 아빠, 박준호는 재단사였다. 을지로에 있는 양복점에서 일했다. 재단사만 열다섯 명이 있는 규모가 큰 곳이었다. 재단사들은 지하 작업실에 커다란 작업대를 놓고 일렬로 앉아 일했는데, 처음에 박준호는 가장 말단에 앉았다. 재단 가위는 잡아보지도 못하고 하루 종일 인두 다리미로 원단만 다렸다. 박준호의 반대편 끝에 앉은 줄반장은 까다롭고 고집 센 사람이었다. 실력은 알아주는 이였는데, 어깨너머로 배우려고 해도 좀처럼 기회를 주지 않았다. 그래도 박준호는 지치지 않았다. 한 계절이 지날 때마다 한 칸씩 자리를 옮겨 줄반장의 바로 옆자리까지 갔다. 그리고 거기까지였다. 박준호는 서른 살에 죽었다. 동갑내기 아내와 함께. 친구들과 부부 동반으로 떠난 여행지의 펜션에 불이 났고, 두 사람은 불길에서 빠져나오지 못했다.

세영의 엄마, 이영선은 텍스타일 디자이너였다. 그때는 그저 '미스 리'라고 불렸지만. 여러 종류의 실과 염료를 이용해 원단의 무늬를 디자인하는 일을 했다. 박준호가 일하던 양복점에 원단을 납품하던 회사의 사장이 중매를 서겠다며 소개한 자기 회사 직원이 이영선이었다. 세영이 엄마에 대해 알고 있는 건 많지 않다. 엄마의 부모는 세영의 양육권과 친권을 포기했고, 할머니와 고모는 엄마에 대해 잘 알지 못했다. 시어머니와 시누이는 과묵이 미덕인 줄 알아서 그랬다고, 할머니는 세영에게 미안하다고 말했다. 네 아빠를 떠올리면 아무 때나 온갖 사소한 것이 튀어나오는데, 네 엄마에 대해서는 해줄 말이 없어서 정말 미안하다고.

아빠는 독일에 가서 무슨 공부를 하고 싶었을까. 재단사가 아니라 다른 걸 하고 싶어졌나. 혹시 독일에서 공부를 하려던 건 엄마가 아니었을까? 세영이 할머니와 고모의 기억을 통해 배운 아빠는 공부에는 별로 관심이 없는 사람이었으니.

"그래서 내가 카메라를 사 줬다."

"카메라? 옷장 안에 있는 거요?"

"맞다. 독일에 카메라 가져가서 이것저것 찍어서 나한테 보내라고 그랬지."

"아들 보고 싶을까 봐? 아님 손녀딸?"

사고가 없었다면, 이듬해인 1999년 박준호와 이영선은 박세영을 데리고 독일로 떠났을 것이다. 한 세기가 끝나고 새로운 세기가 시작되려는 그때, 젊은 부부와 아기의 삶도 모든 것이 이전과는 달리 바뀌었을지도 모른다. 아마 아직 말도 다 떼지 못한 어린 세영은 제 삶의 배경이 바뀐 줄도 모르고 있었겠지만. 국제전화가 쉽지 않은 때였다. 화상통화도 스마트폰도 없었다. 할머니는 먼 곳에 살고 있는 아들과 며느리, 손녀의 모습을 녹화된 영상으로나마 보고 싶었던 걸까.

하지만 세영의 예상과는 다른, 뜻밖의 대답이 할머니에게서 돌아왔다.

"아니. 그냥 길거리. 지나다니는 사람들. 먹는 음식. 사는 집. 그런 것들."

그렇게 말하고 할머니는 킬킬 소리 내어 웃었다. 웃으라고 한 소리라는 듯, 혹은 그저 웃기는 소리라는 듯. 그 웃음소리가 세영의 마음 한복판에 와서 박혔다. 박세영의 할머니도, 박준호의 엄마도 아닌 오애란의 욕망이 거기 있었다. 평생 가본 적 없는 곳, 앞으로도 가기 어려울 곳, 그 낯선 곳에 대한 호기심과 그 호기심을 자신은 직접 채울 수 없다는 좌절감, 그리고 자신과는 달리 떠나려 마음먹으면 정말 떠나버리는 사람에 대한 질투가, 여전히. 살아 있었다.

카메라를 사면서, 할머니는 다른 삶을 원했을까? 주어진 이름이 아닌 스스로 고른 이름을 호적부에 올렸을 때처럼. 오애란은 또 한번, 다른 삶을 원했던 걸까.

"그 카메라, 나 줘."

"뭐 하게? 이제 다 낡아빠졌는데."

"이것저것 찍으려고."

그리고 할머니에게 보여줄게. 그 말은 하지 않았다. 하지 않아도 할머니는 알 테니까.

배터리를 넣고 전원 버튼을 누르자 곧 녹색 램프가 켜졌다. 20년에 가까운 시간 동안 배터리가 방전되지 않았다는 게 놀라웠다. 설명서가 낱장이 아닌 책자여서 긴장했는데, 넘겨보니 똑같은 말을 8개 국어로 반복하고 있을 뿐이었다. 한국어는 세 번째 순서였고, 다행히 세영이 금방 이해할 수 있는 내용이었다. 상자 안엔 작동 테스트를 위해 6밀리미터 테이프도 하나 들어 있었다. 그 테이프로 촬영할 수 있는 시간은 60분이었다. 이 60분을 무엇으로 채우면 좋을까. 그해 내내 세영의 고민은 그거 하나였다. 그 고민이 자기 의지 없이 할머니의 그림자인 양 하루하루를 보내던 세영에게 새로운 장면들을 만들어주었다.

해가 바뀔 때쯤 세영은 테이프를 꽉 채웠다. 같은 모델의 캠코더를 쓰는 사람들이 모인 온라인사이트에서 충무로영상센터에 가면 장비를 빌려 테이프 속 영상을 디지털로 변환하고 편집도 할 수 있다는 걸 알게 되었다. 정작 센터를 찾아갔을 땐 휴관일이었다. 아쉬워하며 돌아서는 세영의 눈에 수강생 모집 포스터가 들어왔다. '기초부터 완성까지, 영화를 만들어 보고 싶은 사람이라면 누구나 환영합니다.' 세영은 집으로 돌아오자마자 센터 홈페이지에 접속해 수강 신청을 했다. 수업을 듣는 동안 센터에서 대여한 디지털카메라로 〈구전설화〉를 찍었고, 수강 기간이 끝나기 전 아르바이트를 해서 대여한 것과 같은 기종의 카메라를 샀다.

그리고 그 6밀리미터 테이프는 여전히 디지털로 변환하지 않은 영상을 담고서 캠코더와 함께 할머니의 옷장 속에 있다.

세영이 동천에 온 지 일주일이 지났다. 지수에게선 아직 연락이 없었다. 그동안 세영은 매일 아침 숙소를 나와 발이 닿는 대로 걸었다. 하루는 왼쪽 길로 가서 동천중앙시장에 도착했다. 떡볶이와 순대를 먹고, 사과를 사서 돌아왔다. 다른 날은 오른쪽 길로 가니 동천시립도서관이 나왔다. 서가를 돌아다니며 책을 구경하다 나왔다.

어떤 날은 극장을 찾아갔는데 입구에 영업 중단 안내문이 붙어 있었다. 시설 수리가 필요해서 당분간 영업을 하지 않는다는 거였다. 영업을 재개하는 날짜는 적혀 있지 않았다. 동천에는 극장이 하나뿐이라고 했는데, 그 하나가 문을 닫다니. 세영은 잠긴 유리문 안쪽의 어두운 공간을 카메라에 담으며 말했다.

"동천 사람들은 어떻게 영화를 볼까? 영화를 보고 싶어 할까? 극장이 없는 도시에서 영화제가 열릴 수 있을까?"

건물은 3층짜리였다. 1층엔 식당과 카페였을 텅 빈 상가들이 있었다. 작동하지 않는 에스컬레이터를 걸어 올라가면 매표소가 있을 것이다. 그리고 네 개의 상영관, 아무것도 영사되지 않는 스크린과 텅 빈 자리들. 그곳을 채우고 있는 '아무것도 없음'을 생각하니 한없이 쓸쓸해졌다.

세영은 조금 물러나서 건물 전체를 카메라에 담았다. 극장 체인 브랜드의 로고가 외벽에 붙어 있었다. 10년 전까지는 동천극장이었던 곳이, 극장 체인 동천점이 되었다가, 이젠 그마저도 문을 닫았다. 세영은 설레는 마음으로 동천극장을 찾았을 언젠가의 지수를, 정유선을, 이정훈을 떠올려보았다. 영화제를 지킬 방법을 찾기 위해 고군분투하고 있을 그들에게 응원을 보내면서.

숙소로 돌아온 세영은 극장 체인 홈페이지에 문의 글을 남겼다. '동천점은 언제 영업을 재개하나요?' 오래지 않아 등록된 답변은 극장 입구에 붙어 있던 안내문의 내용과 다르지 않았다. 시설 수리가 필요해 영업이 중단되었으며, 재개하는 날짜는 정해지지 않았다고. 그리고 가장 가까운 다른 지점을 안내해 주었는데, 찾아보니 40킬로미터 가까이 떨어져 있었다.

세영이 현관에서 운동화 끈을 묶고 있는데 누군가 문을 두드렸다.

"계세요?"

"누구세요?"

"정수기 설치하러 왔습니다."

세영은 지수가 숙소에 정수기를 설치해 주겠다고 했던 말을 떠올렸다. 외시경으로 문밖을 보니 자기 몸집만 한 정수기 상자를 옆에 놓은 중년의 여자가 보였다. 문을 열자 여자가 바로 들어오는 대신 꾸벅 고개를 숙이며 인사부터 건넸다.

"안녕하세요, 실례하겠습니다."

여자는 세영도 잘 알고 있는 정수기 회사의 로고가 새겨진 재킷을 입고 있었다. 여자의 왼쪽 옷깃에서 금속 재질의 명찰이 반짝였다. 명찰에 적힌 글자를 무심코 눈으로 읽은 세영은 갑자기 마주한 익숙한 이름에 놀라고 말았다. 오애란. 여자의 이름은 할머니와 같은 오애란이었다.

여자가 안으로 한 걸음 발을 내디뎠고, 그에 맞추어 세영은 한 걸음 뒤로 물러섰다. 한 걸음 더, 그러면 또 한 걸음 더.

4.

여자는 현관 타일 위에서 포장을 풀었다. 재킷 주머니에서 꺼낸 작은 커터 칼로 상자를 봉한 테이프를 자르고, 상자 안에서 완충용 스티로폼에 둘러싸인 정수기를 빼낸 다음 스티로폼을 다시 상자에 넣고, 정수기 몸체를 감싸고 있던 비닐도 벗겨내 차곡차곡 접어 상자에 넣었다. 그 몸짓엔 절도가 있었다. 모든 단계에 지정된 동작이 있으며 그것을 하나도 틀리지 않고 수행해 내는 사람의 절제되고 정확한 몸짓. 세영의 시선이 저절로 여자의 움직임을 따라갔다.

“설치할 자리는 정하셨나요?”

여자가 정수기를 두 팔로 안아 든 채 물었다. 정수기가 꽤 무거워 보여서 세영은 아무 데나 괜찮다고 대답했다.

“그럼 제일 좋은 자리에 설치하겠습니다.”

그냥 하는 말인 줄 알았다. 아니면 고객 응대 매뉴얼이라거나. 하지만 여자는 세영의 예상과 달리 정수기를 적당히 내려놓지 않고 부엌 여기저기를 주의 깊게 살폈다.

"혹시 저걸 이쪽으로 옮겨도 될까요?"

여자가 눈으로 가리킨 건 전기밥솥과 전자레인지를 올려둔 2단 선반이었다.

"정수기를 싱크대 위에 올려두고 쓰시는 분들이 많지만, 이 집은 그러면 조리 공간이 너무 좁아져서 불편하실 거예요. 선반을 이쪽으로 옮겨서 정수기를 그 위에 설치하면 어떨까요?"

세영이 고개를 끄덕이자 여자는 그제야 바닥에 정수기를 내려놓았다. 그다음 이어진 여자의 행동은 미리 연습이라도 한 것처럼 거침없었다. 전기밥솥과 전자레인지의 플러그를 뽑고, 하나씩 선반에서 바닥으로 옮겼다. 선반을 이동시키고, 아래 칸에 전자레인지를 넣었다. 위 칸에 전기밥솥과 정수기를 올리자 맞춤하게 자리가 맞았다. 선반이 새로 자리를 잡은 벽엔 2구 콘센트 두 개가 나란히 있었다. 정수기, 전기밥솥, 전자레인지의 플러그가 차례로 꽂혔다. 원래 제자리였던 듯 안정적이었다.

"동천분이 아니시죠?"

여자가 수도에 호스를 연결하며 물었다. 연고가 없는 젊은 사람이 동천에 와서 산다는 게 신기하다고 덧붙이며.

"네, 서울에서 왔어요. 일 때문에요."

세영의 대답에 여자가 고개를 끄덕였다.

"일 끝나면 다시 서울에 가시겠네요."

"아마도요."

세영은 여자로부터 서너 걸음 떨어진 곳에 서 있었다. 여자가 이곳에 도착해 자신의 일을 하는 내내 그 정도의 거리를 두고 서서 여자를 지켜보고 있었다. 세영답지 않은 일이었다. 가전제품을 설치하거나 수리하는 사람이 집을 방문하면 세영은 인사만 하고 얼른 자리를 피하곤 했다. 거실에서 방으로 가거나, 방에서 다른 방으로 가거나. 그러다 "끝났습니다"라는 말이 들리면 확인하고 서명할 뿐이었다. 일하는 동안 곁에 있는 것이 감시처럼 느껴질 것 같아서였다. 대화를 나누는 일은 더더욱 없었다. 상대방이 말을 걸어오더라도 대강 대꾸만 하던 세영이었지만, 오늘의 예외에는 명확한 이유가 있었다.

여자가 몸을 움직일 때마다 여자의 명찰이 조명을 받아 반짝 빛났다. 오애란. 세영은 지금 오애란과 대화를 나누고 있는 것이다.

"동천분이세요?"

"동천에서 오래 살았죠. 동천에서 태어난 건 아니지만, 걸음마 뗄 때부터 동천에서 살았으니까."

"지금은 동천에 안 사세요?"

"원주로 가서 산 지 2년 됐어요. 여긴 큰 병원이 없어서. 우리 아버지가 아프시거든."

동천과 원주는 도가 다르지만 차로 한 시간이 걸리지 않을 만큼 가까웠다. 동천은 강원도와 맞닿은 충청도의 동쪽 끄트머리에 있었기에 같은 충청도인 대전이나 청주보다 강원도 원주가 가장 가깝고 번화한 도시였다. 여자는 정기적으로 신장 투석을 해야 하는 아버지를 위해, 동천에서 남편과 함께 운영하던 식당을 정리하고 원주로 이사했다. 하나뿐인 딸은 서울의 대학에 진학한 이후로 쭉 서울에서 살고 있었다. 남편은 원주의 상가건물에서 주차관리인으로 일했고, 여자는 동천에 사는 친구의 소개로 정수기 렌털 회사에 일자리를 얻어 방문 설치와 점검 일을 했다.

"일주일에 두 번 정도 동천에 와요. 나한테 딱 맞는 일이죠."

여자는 동천의 길을 속속들이 꿰고 있었다. 여자의 아버지는 40년 전 동천의 도로 정비 사업에 참여한 현장 노동자였다. 어린 시절 여자의 집에는 동천 지도가 붙어 있었다. 기존의 길을 다듬어야 하는 부분은 흰색으로, 새로이 만들어야 하는 길은 노란색으로 표시된 지도였다. 여자의 아버지는 늦은 밤이면 그날 자신이 작업한 길을 지도 위에 검게 색칠하곤 했다. 그 지도는 아버지의 일이 끝나 동천의 도로가 온통 검은 길이 되고 나서도 오랫동안 그 자리에 붙어 있었고, 여자는 언제든 눈을 감으면 머릿속에 그 검은 선들을 떠올릴 수 있었다.

제 손바닥의 손금 보듯 훤히 보이는 동천의 도로들. 그 덕분에 여자는 방문이 필요한 고객들의 주소만 보고도 효율적인 동선으로 일정을 짤 수 있었다. 내비게이션이 안내하지 않는 샛길까지 꿰고 있었기에 이전 담당자보다 하루에 방문하는 곳이 많은데도 근무시간은 오히려 줄었고, 언제나 약속한 시각 전에 일찌감치 목적지에 도착했다. 동천은 인구가 줄어드는 도시여서 새로운 고객이 생기는 일은 거의 없었고, 기존 고객이 렌털한 정수기를 정기적으로 관리하는 것이 주요한 업무였다. 그런 면에서 여자는 우수한 직원이었고, 여자에게도 이 일이 잘 맞았다. 여자는 원주에서 고속도로를 달려와 동천 톨게이트에 진입하는 순간이면 체기가 내려가듯 속이 편해졌다.

"원주는 2년을 살아도 길이 계속 헷갈려, 내비를 안 켜면 어딜 가질 못해요. 여기는 내 홈그라운드니까 훤하죠. 난 여기선 아주 날아다녀."

"동천을 많이 좋아하시는 것 같아요."

세영의 말에 여자가 반가운 사람을 마주한 것처럼 미소를 지었다. 마침 정수기 설치가 다 끝난 듯했다. 여자가 식기건조대에서 컵을 들어 정수기에 가져다 대고 둥근 버튼을 눌렀다. 맑은 물이 흘러나와 컵에 담겼다.

"좋아하죠. 내가 이래 봬도 동천선녀 출신이거든."

동천이라는 지명의 유래에 대해서는 몇 가지 설이 있다. 오래전부터 복숭아나무가 많이 자라는 지역이라 복숭아 도桃 자를 써서 도촌桃村이었는데 시간이 흐르면서 동천으로 와전된 발음이 굳어졌다는 설. 또는 지금은 호수가 된 동천호가 강물로 흐르던 시절, 동東쪽에 물줄기川를 두고 있는 마을이어서 동천이라 불렀다는 설. 둘 다 무난하게 있을 법한 이야기지만, 현재 공식 명칭인 동천洞天과는 다소 거리가 있다. 게다가 지명에 잘 쓰이지 않는 하늘 천天 자는 대체 어디에서 왔는가. 그 이유를 궁금히 여기는 사람이 있다면, 동천선녀의 전설이 등장할 차례다.

여느 전설의 시작이 그러하듯이, 이 이야기도 옛날 옛적 어느 마을에서 시작한다. 딱히 이름은 없는 마을. 그곳에 사는 이들은 우리 마을이라 하고, 그 마을의 윗마을에선 아랫마을이라, 아랫마을에선 윗마을이라 부르는 그런 마을에 한 가족이 살고 있었다. 나무꾼인 아버지와 살림을 하는 어머니 사이의 고명딸. 세 식구는 소박하고 행복하게 살았다. 그러던 어느 날, 평소와 같이 도끼를 들고 산에 오른 나무꾼은 유달리 도끼날이 박히지 않는 이상한 나무를 발견한다. 상서로운 일이라 생각하고 절이나 올리고 돌아갔으면 좋으련만, 이야기 속 인물답게 그는 재차 도끼를 휘두르고 결국 나무는 사람의 비명과도 같은 처절한 소리를 내며 쓰러지고 만다.

이런 식의 전개라면 응당 예측할 수 있다시피, 그 나무에는 산신령이 깃들어 있었다. 산신령이 사라진 산은 메마르고 황폐해지기 시작한다. 산뿐이 아니라 산과 이어진 땅과 물도 마찬가지. 나무꾼과 가족만이 아니라 마을 사람 모두가 굶주리게 된 것은 당연했다. 나무꾼에겐 다행히도 아무도 나무꾼 때문이라는 걸 모른다. 홀로 산에 올랐을 때 벌어진 일, 이상한 나무 하나를 베어버린 일, 스스로 입을 열어 고백하지 않으면 누구도 알 수 없는 일. 나무꾼은 제 행동을 숨긴 채 근심에 빠진 이들과 같은 표정으로 한숨을 쉬거나 원망스러운 눈으로 하늘을 올려다볼 뿐이다. 그러자 그 모습이 괘씸하다는 듯, 나무꾼의 아내가 원인 모를 병에 걸려 앓아눕는다. 뒤이어 똑같은 증상으로 앓는 이들이 늘어난다.

드디어 마을의 무당이 나무꾼을 지목한다. 나무꾼이 목숨으로 죗값을 치러야 한다고 선언한다. 이야기가 클라이맥스에 이르면 주인공이 제 몫을 해야 하는 법. 이때까지 어리고 순진한, 그러므로 무결한 얼굴로 비켜서 있던 나무꾼의 딸이 이야기의 한복판으로 걸어 나온다. 그리고 자신이 대신하겠노라, 아버지의 업을 대신 받겠노라 선언한다. 이후로는 뻔한 진행이다. 마을 사람들은 놀라운 효심에 감복하면서 나무꾼의 딸을 산으로 보낸다. 나무꾼은 바닥에 주저앉아 자신의 과오를 뉘우치며 눈물을 흘리지만, 자신을 대신해 산을 오르는 딸에게 고마움을 느낀다. 나무꾼의 아내는 이 모든 정황을 알지 못한 채 여전히 의식불명 상태로 고열에 시달리고, 무당이 방울을 흔들면 산신령에게 사죄하는 마을 사람들의 기도가 이어진다. 마침 그날은 보름이다. 깊은 밤, 어두컴컴한 산 위로 둥근 달이 붉게 물들어 있다.

결말은 빠르게 찾아온다. 나무꾼의 딸이 홀로 산에 오른 다음 날 아침, 나무꾼의 아내를 비롯한 병을 앓던 마을 사람들이 자리를 털고 일어난다. 논과 밭에 생기가 돌아온다. 산 여기저기 푸릇푸릇 돋아나는 새순들이 보인다. 새들이 지저귀고 물 흐르는 소리가 들려온다. 마을 사람들은 나무꾼의 딸이 성공했다는 사실을 깨닫고 기뻐한다. 오직 한 사람, 나무꾼의 아내만이 절규하며 산으로 달려간다. 그리고 딸의 시체라도 찾기 위해 몇 날 며칠을 헤매지만 아무것도 발견하지 못한다. 결국 나무꾼의 아내는 정신을 놓아버리고, 나무꾼은 아내를 데리고 마을을 떠난다.

이후로 마을은 전보다 훨씬 풍족해지고 번성한다. 마을 사람들은 나무꾼의 딸이 가진 효심을 알아본 옥황상제가 그를 선녀로 만들어 마을의 수호신이 되게 했다고 믿는다. 올곧은 마음을 가진 여자가 하늘을 감복시켜 선녀가 된 마을, 동천峒天.

"……이후 동천에 재해가 닥칠 때면 주민들이 동천선녀에게 제를 올려 평안을 빌었다는 이야기가 전해진다."

세영은 책을 덮고, 그때까지 책을 읽는 자신의 모습이 담기도록 고정해 두었던 카메라를 삼각대에서 분리했다. 그리고 책 표지와 내지 일부를 촬영했다. 도서관에서 빌려 온 《동천문화백서》는 동천시청에서 2016년에 발간한 책이다. 지명의 유래를 소개하는 장의 마지막 페이지에 캐릭터 일러스트가 삽입되어 있었다. 소매가 치렁치렁 늘어진 윗옷에 긴 치마를 입고, 나비 모양으로 올려 묶은 머리 주변으로 흰 띠가 나풀거리는 모습의 소녀. 동천시의 공식 마스코트, 동천선녀였다.

그 여자, 숙소에 정수기를 설치해 주고 석 달 뒤에 정기 점검을 오겠다고 말한 여자, 필터 교체는 6개월에 한 번이라고 덧붙인 여자, 오애란은 스무 살이던 30년 전에 동천선녀선발대회에서 15대 동천선녀로 선발되었다. 여성을 성 상품화하는 시대착오적인 미인대회라는 비난을 받고 폐지되기 전까지 동천에서는 매년 선발대회를 열고 동천선녀를 뽑았다. 동천에 거주하는 19세 이상 25세 이하의 미혼 여성만 지원할 수 있었고, 선발되면 1년간 동천시 홍보대사로 활동하면서 소정의 활동비를 지급받았다.

세영은, 이웃 사람들이 나가보라고 부추겨서 동천선녀선발대회에 나갔다가 덜컥 뽑혀버렸다고 말하던 오애란의 얼굴을 떠올려보았다. 그는 자랑스러워했다. 자신이 동천선녀였다는 것을 기쁘게 기억하고 거리낌 없이 밝혔다. 오애란이 동천선녀로 선발되어 동천시 홍보대사로서 수행한 일이란 이런 것들이었다. 동천시장 취임식에서 꽃다발 증정하기, 동천중앙시장상인회 회장의 칠순 잔치에서 노래하기, 동천터미널 증축 공사 완료를 기념하는 고사에 참여한 사람들에게 막걸리 한 잔씩 따라주기……. 세영이었다면, 결코 자랑스러워하지 않았을 일들.

2015년에 선발된 마지막 동천선녀는 자신이 입었던 날개옷을, 대대로 선대의 선녀가 후대의 선녀에게 의무를 이임하며 직접 입혀주었던 동천선녀의 상징인 반투명한 노방 원단 겉옷을 사람이 아닌 인형 탈에게 물려주어야 했다. 동천선녀 선발대회의 폐지를 알림과 동시에 발표된 동천시의 새 홍보대사, 동천시의 마스코트, 삼등신 캐릭터인 동천선녀에게.

"왜 한 번도 못 봤지?"

세영은 새삼 의아했다. 동천역에 처음 발을 내딛은 뒤로 열흘이 흘렀다. 세영은 동천 여기저기를 부지런히 걸어 다녔지만 동천선녀를 본 적이 없었다. 지역 마스코트라면 시청이나 시립도서관 같은 건물에 조형물을 만들어 장식해 두거나 정책 홍보용 현수막에 인쇄해 둘 법한데도. 동천시청 홈페이지에도 동천선녀에 대한 내용은 없었다.

세영은 노트북 화면에 띄운 충북 지역 언론사 《충북일보》의 2016년 3월 3일 자 기사를 카메라로 촬영했다. '동천시, 지역 설화 속 동천선녀 캐릭터화. 구시대적 미인대회 폐지하고 캐릭터 마스코트를 홍보대사로 지정. 이를 계기로 문화산업에 적극 투자하겠다는 송범식 시장의 결단에 시민사회 환영의 뜻 밝혀.' 동천선녀의 상징인 날개옷을 제 몸에 맞는 사이즈로 고쳐 입은 동천선녀 캐릭터 인형 탈이 찍힌 사진에는 다음과 같은 캡션이 붙어 있었다. '캐릭터 IP 사업을 추진하겠다고 밝힌 송범식 시장이 동천시 마스코트 캐릭터 동천선녀와 기념 촬영을 하고 있다.'

*

양은수는 골치가 아팠다. 거슬리고 신경 쓰이는 상황에 대한 관용적인 표현일 뿐만 아니라 정말로 두통이 느껴졌다. 사흘에 한 번은 도보로 10분 거리인 출근길 중간에 약국을 들러야 할 정도였다.

"아무리 내성이 없다지만 진통제를 이렇게 계속 먹으면 안 좋아. 병원에 가봐."

고등학교 동창이기도 한 약사가 걱정하며 유리병에 든 비타민 음료를 건넸다. 은수는 알루미늄 뚜껑을 힘주어 돌렸지만, 봉인된 부분이 잘 뜯어지지 않아서 손이 헛돌기만 했다.

"원인도 알고 해결법도 알아서 굳이 의사를 만날 이유가 없네요. 이거나 좀 따줘."

"원인도 알고 해결법도 아는데 왜 해결을 안 하고 앓으면서 진통제만 먹어?"

드드득. 약사가 가뿐하게 뚜껑을 열어서 건넸다. 은수는 알약 하나를 입에 넣고 비타민 음료를 마셨다. 입안에서 약이 녹으면서 퍼져나간 쓴맛은 비타민 음료의 신맛으로도 다 지워지지 않았다.

"으, 그 해결법이 내가 할 수 없는 일이니까 그렇지. 간다."

빈 병을 카운터 아래 수거함에 넣고서 약국을 나섰다. 문을 열고 나오자 곧바로 자신이 출근해야 할 곳이 보였다.

동천시청, 그중에서도 8층 높이의 본관이 우뚝 솟아 있었다. 두 블록이나 떨어져 있었지만, 고층 건물이 드문 동천 시내였기에 사이를 가로막는 장애물이 없어 코앞에 있는 것처럼 느껴졌다. 은수는 한숨을 내쉬며 끌려가듯 무거운 발걸음을 옮겼다. 저 건물, 동천시청 본관 3층에 한 달 전부터 은수의 골치를 아프게 하는 원인이자 해결법이 있었다.

동천에서 태어나 동천초등학교, 동천여자중학교, 동천여자고등학교를 졸업한 은수는 대학에 진학하지 않고 지방직 9급 공무원 시험에 합격해 동천시청에서 일했다. 특별한 경우는 아니었다. 은수의 중고등학교 동창 대부분이 동천의 공무원이었다. 시청에서 일하는 지방직 행정공무원이거나 세무서에서 일하는 세무직 공무원이거나 선거관리사무소에서 일하는 선거직 공무원이거나 우체국에서 일하는 우정직 공무원이거나. 동천에서 젊은 여자가 또래 남자와 비슷한 월급을 받으면서 사무직으로 일할 수 있는 자리는 나랏일밖에 없었다.

공무원이 되지 않은 동창들은 대부분 동천을 떠났다. 고등학교부터 타지로 진학하는 경우도 있었다. 동천에서는 할 일이 없고 벌 돈도 없으니 남을 이유가 없다며. 혹은 은수의 언니인 지수처럼 동천에서는 하고 싶은 일을 할 방법이 도저히 없어서.

은수보다 두 살 많은 지수는 중학교 시절부터 영화평론가를 꿈꿨다. 용돈을 모아 고속버스를 타고 서울에 가서 은수로서는 이름을 외우는 것조차 쉽지 않은 외국 감독이 만든 영화를 보고 왔고, 《키노》 《씨네21》 《맥스무비》 같은 영화 잡지에 실린 글을 열심히 읽었다. 같은 방을 쓰던 은수는 책상 서랍 가득 영화 전단을 모으는 언니가 머지않아 반드시 동천을 떠나리라는 걸 알았다.

동천은 영화라거나 평론이라거나 그런 것을 하는 곳이 아니었다. 꿈이라고 부를 만한 미래를 그리는 애들은 어른이 되기만을 기다렸다가 동천을 떠났다. 은수와는 다른 애들, 자신이 나중에 무엇이 되어 있을지 또렷하게 상상하는 애들. 장래 희망란에 '직장인' 혹은 '사무직' 같은 단어는 적지 않는 애들. 그 애들은 동천을 떠나면 다신 돌아오지 않았다. 원하던 바를 얻지 못하더라도 동천이 아닌 곳에서 헤맸다. 은수의 언니 지수처럼 지독하게 실패한 경우를 제외하고는. 서울까지 가서 돈과 시간과 열정과 건강을 모두 잃고 동천으로 돌아와 놓고서는 여전히 꿈을 버리지 못해 아등바등하는 언니가 은수의 눈에는 영 물색없어 보였다.

그런 언니와는 달리 서울에서 약사가 되어 동천으로 돌아와 약국을 하는 동창은 무척 드문 경우로, 아버지가 하시던 약국을 물려받았을 뿐만 아니라 그 건물 또한 아버지 소유라 임대료가 들지 않으니 동천의 작은 상권에도 만족한다고 했다.

상권, 사람이 오가며 돈이 도는 범위. 동천에서는 그 범위가 점점 작아지고 있었다. 어쩌면 그것이 진정한 문제일 것이다. 얼마 전 보궐선거에 당선되어 부임한 새 시장은 그 문제에서 파생된 현상일지도.

은수는 어느새 동천시청 본관 엘리베이터 앞에 서 있었다. 은수가 일하는 행정과 시정팀 사무실은 4층에 있다. 3층 시장실 바로 위에. 이와 관련한 비밀이 하나 있다. 요즘 은수는 자리에 앉아서 일하다가 이따금 발로 바닥을 팍팍 차곤 한다. 시장의 머리를 찰 수는 없으니까, 그 대신으로.

시정팀은 주로 시장의 지시 사항을 추진하는 팀으로, 9급 서기보로 공무원 생활을 시작해 근속 5년 차 7급 주사보인 은수는 시정팀 삼석을 맡고 있다. 팀장이 장석, 그 밑에 7년 차 7급이 차석, 그다음이 삼석인 은수다. 시장의 지시 사항을 팀장이 차석에게 달성해야 할 실적의 형태로 하달하면 차석은 세부 사항을 만들어 은수에게 실무를 맡겼다. 시장의 지시 사항이란 간단한 말 속에 엄청난 과정을 포함하게 마련이라 시정팀이 단독으로 처리할 수 있는 건 거의 없었고, 다른 팀과의 협업이 필수적이어서 시청 돌아가는 사정에 아직 빠삭하지 않은 9급들에게 실무를 맡길 수는 없었다. 결국 매번 은수가 직접 나서야 했고, 직접 나섰으니 그에 따른 부침이나 잡음도 직접 처리해야 했다. 그러므로 삼석이란, 원래도 시정팀에서 제일 바쁘고 스트레스가 많을 수밖에 없는 자리였다. 안에서는 시장의 눈치를 살피는 팀장과 그 팀장의 눈치를 살피는 차석이 일이 어찌 되고 있느냐며 닦달하고, 밖에서는 다른 팀 직원들이 그렇게는 못 한다는 둥 왜 그래야 하냐는 둥 딴지를 걸어대기 마련이었으니까.

하지만 은수가 최근 진통제를 달고 살아야 할 정도로 극심한 두통에 시달리는 것은 시정팀 삼석이기 때문만은 아니었다. 이미 시정팀 삼석으로 근무한 지도 반년이 넘은 데다가, 수십 장의 업무 협조 요청 공문을 쓰기보다 간식거리 싸 들고 청사를 한 바퀴 돌며 대부분 학연으로 이어져 있는 직원들에게 읍소하는 쪽이 일하기에 편하다는 것을 알 정도로 은수는 일머리가 있었다. 문제는 최근 한 달 동안 자신이 하는 일이 점점 보잘것없게 느껴진다는 거였다. 그 어떤 가치도 없고 하찮기만 한 일에 소모되고 있다는 생각이 가시지 않았고, 단언컨대 실제로도 그랬다.

몇 달 전, 전임 동천시장 송범식이 선거법을 위반했다는 사실이 뒤늦게 밝혀져 임기를 2년밖에 채우지 못하고 해임됐다. 이후 치러진 보궐선거에서 당선된 강판수가 취임식도 전에 시정팀에 지시한 것은 시장실을 다른 곳으로 옮기라는 거였다. 전임자, 그것도 당적이 다른 전임자의 흔적을 지우는 것은 선출직들이 스스로를 보위하는 미신과도 같은 것이라 이해하지 못할 일도 아니었다. 전임 동천시장이 3선을 하면서 10년이나 쓰던 방이니 들어가고 싶지 않았겠지. 하지만 동천시청 청사는 지은 지 30년이 넘은 건물이었고, 공간이 매우 부족했다. 새로 시장실을 꾸릴 만한 빈방은 당연히 없었다. 게다가 강판수는 꼭, 반드시, 송범식이 쓰던 2층 시장실 바로 위인 3층에 새 시장실을 만들라고 지시했다. 그곳에는 시정팀이 속한 행정과를 비롯한 3개 과의 11개 팀 직원 60여 명이 촘촘

하게 끼어 앉아 일하고 있었지만, 그런 건 강판수에게 전혀 중요하지 않았다. 강판수 시장의 첫 출근까지 이틀밖에 남지 않은 긴박한 상황에서, 은수는 새벽까지 퇴근하지 못하고 동천시청 평면도 앞에서 절규했다.

"동천을 새롭게 바꾸겠습니다. 하나부터 열까지 싹 다!"

취임식에서 강판수가 호기롭게 외친 말에 은수는 발뒤꿈치부터 정수리까지 온몸을 관통하며 올라오는 소름을 느꼈다. 저거, 진심이구나.

제일 먼저 동천시청 입구에 걸려 있던 '자연이 살아 숨 쉬는 문화 힐링 도시'라는 슬로건이 새겨진 나무 현판이 사라졌다. 그 자리에 설치된 LED 패널 위로 '첨단산업 경제 활성 도시'라는 새로운 슬로건이 번쩍였다. 지역문화활성국 국장은 진행하던 사업들을 전면 백지화하라는 통보를 받았고, 경제산업발전국 국장이 전에 없이 어깨에 힘을 주고 다녔다. 동천여성도서관과 동천어린이도서관이 폐관되고, 동천세계힐링호수영화제의 지원금이 전액 삭감되었다. 폭풍 같은 날들이었다. 강판수 시장은 송범식 시장의 성과라고 여겨질 만한 것은 티끌만큼도 남겨두고 싶어 하지 않았다.

"홈페이지 레이아웃을 다 바꾸라고요?"

"버스 정류장 의자요?"

"보행신호 유지 시간이 짝수인지 홀수인지가 대체 왜 중요한데?"

"단속? 지금?"

"공영주차장 요금을 이렇게 갑자기 올리면 어떡해요?"

"당장 어떻게 해? 예산도 없는데!"

은수는 시장의 지시 사항을 공문으로 정리해 각 팀에 보내면서, 공문을 받자마자 자신에게 전화를 걸어올 담당자가 할 말을 이미 알고 있었다. 은수가 하고 싶은 말도 바로 그 말이었다. 하지만 그들도 시장에게 직접 말하지 못하고 은수나 붙잡고 짜증과 답답함을 토로할 수밖에 없듯이, 은수 역시 애꿎은 바닥만 팍팍 차면서 신발 밑창이나 닳게 할 뿐이었다.

"중앙로 사거리 신호등 밑에 동천선녀가 아직 있대. 얼른 치워."

출근해서 자리에 앉기도 전에 은수가 들은 말은 지긋지긋한 동천선녀가 또 발견되었다는 소식이었다. 신호등 밑이라면 가슴 앞으로 두 손을 교차해 엑스 자를 만들고 서 있는 동천선녀의 머리 위로 '무단횡단 절대 금지'라는 말풍선이 그려진 일러스트일 것이다. 10년 가까이 동천시의 마스코트로 각종 홍보물에 사용된 캐릭터를 하루아침에 전부 지우는 것은 불가능했다. 수많은 안내판을 철거하고, 조형물을 치우고, 현수막을 걷어내고, 스티커를 뜯었는데도 동천선녀는 또 어디선가 나타났다.

“근데 팀장님, 제가 진짜 이해가 안 돼서 그러는데 동천선녀는 전설 속 인물이라 이전 시장님이랑은 관계없지 않나요? 이렇게까지 해야 해요?”

참지 못하고 내뱉은 은수의 말에 팀장이 한숨을 쉬며 대꾸했다.

“전설 속 동천선녀는 그렇지. 근데 동천시 마스코트 동천선녀는…… 알지?”

이 정도면 개인적인 원한이 있는 게 아닐까. 송범식과 강판수, 둘 사이에 반드시 청산해야 할 지독한 악연이 있는 게 아니고서야. 아니, 그건 더 문제다. 개인적 원한을 이런 식으로 푸는 게 말이 되나? 직권남용 아닌가? 은수는 치솟는 화를 억누르며 교통과로 전화를 걸었다.

“수고하십니다. 시정팀 양은수입니다. 중앙로 사거리 신호등 밑에 동천선녀가 있다는데, 빠른 조치 부탁드립니다.”

5.

은수는 은하가 도착하기 전에 이미 생맥주 한 잔을 비우고 추가로 주문한 두 번째 잔까지 절반쯤 마신 상태였다. 안주도 주문하지 않고, 기본으로 제공되는 뻥튀기에도 손대지 않은 채, 그저 벌컥벌컥 맥주만 마셨겠지. 은수의 시무룩한 옆모습, 테이블 위에 덜렁 놓인 빈 잔, 은수의 손에 들린 맥주잔과 그 맥주잔을 또다시 입으로 가져가는 동작이 가게 유리 벽 너머로 은하의 눈에 고스란히 보였다. 하여간 기다릴 줄을 몰라. 은하는 새삼 놀랍지도 않은 일이어서 가게에 들어서면서 프라이드치킨 한 마리와 자기 몫의 맥주를 시켰다.

"오늘은 또 뭐야?"

"메리골드."

"그게 뭔데?"

"도로에 심어둔 꽃 있잖아. 노란색 동그란 거."

"설마 그걸 다 뽑으래? 미친 거 아냐?"

은하의 맥주가 나왔다. 그새 은수의 잔은 비어 있었다. 은수가 빈 잔을 은하의 잔에 부딪쳐 건배하고는 자신의 맥주를 한 잔 더 주문했다.

"천천히 마셔, 금요일이잖아. 밤이 길다."

"속이 답답해서 야금야금 못 마셔. 들이부어야 좀 풀려."

은하는 은수의 새 맥주가 나올 때까지 제 맥주를 마시지 않고 기다려주었다.

정은하와 양은수는 동천여자고등학교 동창으로 1학년부터 3학년까지 같은 반에서 단짝으로 붙어 다녔다. 아이들은 둘을 합쳐 은하수라고 불렀다. 굳이 은하와 은수로 따로 부를 필요가 없을 정도로 한 몸 같아서 "은하수! 조용히 좀 해!" "은하수는 어디 갔어?" "은하수도 매점 갈래?" 하는 식으로 묶어버린 것이다.

은하는 고등학교 1학년 여름에 동천여고로 전학을 왔다. 은하의 부모가 동천으로 귀농을 하면서였다. 귀농이라니. 은하는 부모에게서 처음 그 말을 들었을 때부터 줄곧 이상하다고 생각했다. 은하의 부모는 두 분 모두 서울에서 태어나 서울에서 살아왔고, 조부모도 마찬가지였다. 농사는커녕 작은 화분

조차 가꿀 재주가 없는 사람들이 귀농이라니. 떠나온 적도 없으면서 어떻게 돌아간단 말인가. 동천으로 가서 복숭아 농사를 짓겠다는 부모의 갑작스러운 선언에 은하는 그저 기가 막혔다. 동천이 어딘지 몰랐지만 적어도 고등학교에 갓 진학한 딸을 데리고 가서 살 곳은 아니라고 생각했다. 다른 부모들은 자식의 교육을 생각해서 서울로 오려고 애쓴다는데, 하다못해 자식이라도 유학을 보낸다는데, 은하의 부모는 딸의 의사도 묻지 않고 거취를 통보해 버리고는 전학 수속까지 일사천리로 진행했다.

사기를 당한 거다. 이제 와 생각하면 결론은 그것뿐이었다. 은하의 부모는 사기를 당했다. 누구에게? 아마도 세상에게. 다니던 직장을 잃고, 모아둔 저축을 잃고, 대출이 남아 있던 집마저 잃고, 그전까지 삶을 살아온 방식까지 전부 잃는 정도의 사기는 악독한 사기꾼 하나가 만드는 게 아니라 세상 전부가 빚어내야만 가능한 것이 아닐까. 그래서 은하는 묻지 않았다. 그 아저씨야? 나랑 동갑인 아들이 있던, 그래서 다 같이 계곡에 놀러 가서 텐트 치고 고기도 구워 먹고 했던? 아니면 그 아저씨? 낚시를 좋아해서 이따금 커다란 물고기가 담긴 아이스박스를 들고 찾아와 회를 떠주마 했던? 혹시 그 아줌마? 나한테 나중에 자기 아들이랑 결혼하라더니……. 그런 질문들은 마음속으로만 했고, 입 밖으로 꺼내지는 않았다. 10여 년의 세월이 흐른 지금도 은하와 부모는 그들이 마치 대대로 동천에서 복숭아 농사를 지어온 것처럼 서울에서 살았던 시절의 일들을 하나도 추억하지 않았다.

은하가 동천여자고등학교로 처음 등교하던 날은 비가 많이 내렸다. 우산을 뚫을 듯이 세찬 빗줄기가 쏟아져서, 교문으로 향하는 언덕을 올라가는 동안에 신발도 양말도 푹 젖어버렸다. 복도에는 제대로 건조하지 않은 빨래에서 나는 쿰쿰한 냄새가 고여 있었다. 교무실에서 만난 담임선생님은 1학년 2반 서른다섯 명의 학생들이 모두 동천에서 태어나 동천에서만 자란 아이들이니 전학생에게 과한 호기심을 보이더라도 이해해 주라고 당부했다. 나중에 알게 된 사실이지만, 동천의 학교에 전학생이 오는 일은 정말 흔치 않은 일이었다. 동천 아이들에게 전학이라는 건 친구가 떠난다는 말이었지 낯선 아이와 친구가 될 수도 있다는 말은 아니었다.

담임선생님을 따라 교실로 들어가면서, 은하는 생각했다. 딱 한 명만. 둘도 셋도 바라지 않고 하나면 된다고. 한 명만 친구가 되어준다면 다 괜찮다고.

은하가 서울에서 친구들과 돌려보았던 하이틴 로맨스 장르의 만화책에는 곧잘 그런 장면이 나왔다. 서울에서 온 전학생에게 짓궂은 질문을 하고 자기들끼리만 아는 농담을 하면서 괴롭히는 시골 아이들. 혹은 반대의 상황으로 사투리를 쓰는 전학생을 비웃고 놀리는 서울 아이들. 눈물을 흘리면 얕보일까 봐 입술을 깨물고 마음을 다잡는 주인공. 그런 주인공 앞에 나타나는 진정한 친구 혹은 사랑.

"야, 너 이리 좀 와봐."

현실은 만화와는 좀 달랐다. 반짝이는 효과도 흩날리는 꽃가루도 없었고 대신 줄무늬 양말이 있었다.

"젖은 양말 신고 있으면 발냄새 나."

비 오는 날이면 가방에 양말 두어 켤레를 더 넣어서 다닌다는 애, 그 애가 양은수였다. 정은하의 딱 한 명이 된 사람.

"아우, 무서워. 이러다가 우리 복동이도 없앤다고 하는 거 아냐?"

은하가 웃으며 장난스럽게 말했지만, 은수는 따라 웃을 수가 없었다. 실제로 강판수 시장은 유휴 농지를 매입해서 산업단지를 조성할 계획을 세우고 있었다. 지구온난화로 기후가 바뀌면서 동천의 특산품이었던 여러 작물의 작황이 예전 같지 않았다. 그중에는 대표 특산품인 복숭아도 있었다. 은하네 농장도 작년 수확기에 수확량은 물론 품질도 이전보다 떨어졌다고 근심이 크지 않았던가. 고령의 농부들 중에는 밭을 갈아엎고 비워두는 쪽이 손해가 덜하다는 이들도 있을 정도였다. 머지않아 강판수 시장의 의중이 퍼져나가면 땅값이 요동

칠지도 몰랐다. 하지만 이런 업무상의 기밀을 아무리 은하에게라고 해도 슬쩍 귀띔해 주지 못하는 성격인 은수는 괜히 말을 돌렸다.

"복동이는 좀 없애도 될 것 같은데? 난 개 무서워."

"미감이 없네, 우리 복동이가 얼마나 힙하고 키치한데."

은수는 피식 웃었다. 힙하다느니 키치하다느니 그런 말은 아마도 지수가 뱉었으리라. 은수는 자기 언니가 매끈하고 아기자기하게 잘 만들어진 캐릭터보다 어딘가 비뚤어지고 부족해 보이는 캐릭터를 더 좋아한다는 걸 알았다. 우리 언니가 그렇게 말했다면 그렇지 않다는 뜻이란다. 은하에게 말해줄까 하다가 말았다.

동천복숭아농가협회의 마스코트인 복동이는 우연히 탄생했다. 제작비를 줄이기 위해 농가들이 쓸 공용 포장 상자를 협회에서 주문했는데, 상자 제작 업체 직원이 요즘은 마스코트를 하나씩 만드는 게 유행이라며 상자 옆면에 서비스로 캐릭터를 하나 넣어준 것이다. 복숭아협회니까 복숭아, 캐릭터니까 사람처럼 눈코입이 있고 팔다리를 붙이면 되겠지. 그런 식이었을까? 어쨌든 이왕 만들었으니 잘 써보자며 복숭아막걸리, 복숭아잼, 복숭아즙 포장지에도 집어넣었다. 자꾸 보다 보니 없는 것보다야 나은 듯해서 이름도 지어주고 인형 탈을 만들어 장터에도 데리고 나갔다. 농가의 젊은 청년들이 돌아가며 인형 탈을 뒤집어썼고, 은하도 몇 번 복동이가 되어 시식 행사를 했다.

"동천선녀는 어때?"

"그건 이제 진짜 끝났어. 다 떼고 지우고 내다 버리고. 작년 체육대회 때 만들었던 기념 수건까지 다 버렸다니까?"

"아니, 그거 말고. 그 사람, 동천선녀 말이야."

그거 말고, 그 사람. 은하의 말에 은수는 잊고 있던 그 사람을 떠올렸다. 강판수 시장이 마스코트 동천선녀의 폐기를 지시했을 때, 그래서 은수가 각 팀에 공문을 보냈을 때 가장 먼저 은수에게 내선으로 걸려 온 전화는 낯선 목소리였다.

"그럼 저는 어떻게 되나요?"

자기가 누구라는 말도 없이 대뜸 무슨 소린가. 은수는 누구시냐고 물었다. 어느 팀 누구시냐고. 무슨 이야기를 하시는 거냐고. 상대방은 잠시 숨을 고르고는 또박또박 말했다. 동.천.선.녀.

"누구시라고요?"

"동천선녀라고요."

"네?"

장난인가? 내가 지금 꿈을 꾸나? 일을 너무 많이 해서 정신이 오락가락……? 당황한 은수를 보고 맞은편에 앉아 있던 차석이 입 모양으로 물었다. 왜 그래? 누군데?

"동천선녀시라고요?"

"네, 저 동천선녀예요. 2층 비품실에 있는."

2층 비품실. 그래, 거기에 동천선녀가 있었다. 1미터 60센티 크기로 제작된 동천선녀의 인형 탈이. 사람이 들어갈 수 있는, 옷을 입듯 몸을 입고 모자를 쓰듯 머리를 씌우면 동천선녀가 되어 움직일 수 있는 인형 탈이. 전화를 걸어온 사람이 바로 그 사람이었다. 동천선녀가 되는 사람.

이름은 명경혜. 2016년 동천선녀 인형 탈이 처음 만들어졌을 때부터 10여 년간 그 탈을 쓰는 것이 업무였던 계약직 공무원. 동천선녀의 탈을 쓰고 동천시의 각종 행사에 나타나 손을 흔들고, 기념품을 나눠 주고, 포즈를 취하고 사진에 찍히는 사람. 그리고 동천선녀선발대회에서 선발된 마지막 동천선녀이기도 했던 사람. 그 사람은 그다음 날도, 또 그다음 날도 은수에게 전화를 걸어서 같은 질문을 했다. 저는 어떻게 되나요? 저, 동천선녀는 어떻게 되는 건가요?

"모르겠네. 그러고 보니 전화가 안 온 지도 좀 됐고."

잘렸겠지. 담당 업무가 사라진 계약직 공무원이니 계약 종료는 정해진 수순이다. 은수는 깊이 생각하지 않으려고 했다. 치킨 조각을 집어 들어 뼈에서 살을 꼼꼼하게 발라 먹었다. 깊이 생각하기 시작하면 일을 할 수 없었다. 깊이 생각하다 보면 의문이 생겼고, 그 의문은 마치 물에 빠진 종이처럼 찢어지고 풀어질지언정 결코 녹지는 않은 채로 부유하다가, 가라앉았다가, 조금의 흔들림이라도 생기면 다시금 부옇게 마음을 흐려놓곤 했으니까. 요즘 은수가 하는 일이란 죄다 그랬다. 자꾸만 마음에 찌꺼기를 남겼다.

홀에 남은 마지막 손님이었던 은하수가 계산을 마치고 나오자 간판이 꺼졌다. 은하수는 택시를 부르는 대신 지수를 부르기로 했다. 자정이 넘은 시각이었지만 지수는 신호가 몇 번 가기도 전에 전화를 받았다. 은하는 오랜만에 지수를 보고 싶다며 얼른 오라고 소리쳤고, 은수는 자기 차를 쓰는 대신 언제든 부르면 나오겠다고 말한 건 지수라며 당당했다. 지수는 이럴 줄 알고 기다리고 있었다며 바로 출발하겠다고 말했다.

술에 취한 은하수는 지수를 기다리며 그들이 여고생일 때 자주 부르던 가요를 불렀다. 한 명이 운을 떼면 다른 한 명이 다음 소절을 받는 식으로 듀엣처럼 흥얼거리다가 어느 순간부터는 자연스럽게 다른 노래가 되어 이어지는 이상한 메들리였다.

"언니는 괜찮대?"

"안 괜찮을걸."

은하가 은수의 말을 받아 "안 괜찮구나, 안 괜찮아" 하고 중얼거렸다. 은수는 고개를 젖혀 캄캄한 밤하늘을 올려다보았다. 은하수는 보이지 않았고, 옅은 안개가 달 주변에 희끄무레한 달무리를 만들고 있었다. 그러다 번쩍, 자동차 헤드라이트의 불빛에 주변이 밝아졌다.

"은하수!"

지수가 운전석 창문을 내리고 손을 흔들었다. 은하가 폴짝폴짝 뛰어서 차로 다가갔다. 은수는 조수석을 은하에게 양보하고 뒷좌석에 탔다. 은하네 집으로 가는 동안 은하는 지수를 처음 보았던 날에 대해 이야기했다. 근황을 묻는 말을 피하려다 보니 화제로 꺼낼 만한 것은 과거에 있었던 탓으로. 하지만 그마저도 안전하지는 않았다.

"보자마자 알았다니까요. 저 사람이 은수 언니구나. 양은수 언니 양지수구나."

"뭐래. 언니는 아빠 닮고 난 엄마 닮았는데. 언니는 쌍꺼풀이 있고 난 없잖아."

"야, 자매가 닮았다는 건 그런 게 아니거든? 이목구비를 하나하나 뜯어봐서 아는 게 아니라 딱 보면 아는 거야. 얼굴 근육이 똑같이 움직인다니까? 그래서 내가 딱 알았지. 동천극장에서 나오는 언니를 보는 순간, 저 언니 울었구나. 울고 난 얼굴이 은수랑 똑같네. 저 언니 영화 때문에 울었구나……."

은하가 마치 페이드아웃되듯 목소리를 점차 줄이다가 결국 입을 다물어버리는 바람에 차 안의 공기는 오히려 더 어색해졌다. 은하는 내일 비가 오려나, 하고 창밖에 대고 실없는 소리를 했고 지수는 말없이 운전만 했다.

뒷좌석에서는 반만 보이는 언니의 얼굴을 슬쩍 살피던 은수는 문득 궁금해졌다. 그날 지수가 보았던 영화는 뭐였을까. 뭘 보고 울었을까. 울고 나와서 무슨 생각을 하면서 집에 왔을까. 동천극장에서 집까지, 걸어서 한 시간 가까이 걸리는 그 길을 지수는 버스도 택시도 타지 않고 항상 걸어서 돌아왔다. 걸으면서 방금 보았던 영화에서 미처 빠져나오지 못한 영혼을 현실로 천천히 끌어당겨 와야 한다고 했다. 영혼이라니. 언니는 그런 말을 잘도 했다. 눈에 보이지 않고 손에 잡히지도 않는, 낭만적이고, 뜬구름 같은 말을.

자매는 얼굴 근육을 쓰는 법이 닮았을지는 몰라도 삶의 궤적을 만들어가는 근육은 확연히 달랐다. 아주 어릴 때부터 그랬다. 이를테면 초등학교 시절 만든 방학 생활 계획표 같은 것에서도 차이가 컸다. 언니인 지수는 하고 싶은 일부터 표시했다. 오후 2시에는 간식을 먹고, 4시부터 5시까지는 텔레비전에서 방영하는 만화영화를 보겠다고. 밤에는 엎드려서 책을 읽다가 졸리면 자야지. 그런 다짐을 계획표 옆에 적기도 했다. 동생인 은수는 아침 8시를 기상 시각으로 정했다. 어린이는 하루 열 시간의 숙면을 해야 한다는 선생님의 말씀을 따르기 위해서였다. 밤 10시에 취침하고 아침 8시에 기상하는 것이 은수가 생각하는 이상적인 열 시간의 숙면이었다. 하루 일과는 기상과 취침 사이에 질서정연하게 놓여야 했다.

은수는 종종 지수가 대책 없다고 걱정하면서도 자신과 다른 방향으로 뻗어나가는 언니의 에너지를 동경했다. 좋아하는 것에 전념하는 열정과 그에 따르는 헌신적인 노력, 맹목이라 부를 만한 것들. 영화표를 붙이고 감상문을 적은 수십 권의 노트, 영화 전단과 영화 잡지를 오려 만든 스크랩북, 부모님의 반대를 무릅쓰고 서울의 예술대학에 진학했던 것, 대학을 졸업하고 턱없이 적은 보수를 받으면서 영화 현장을 전전하고 글을 썼던 것. 그 모두를 가능케 했던 언니의 에너지, 그 에너지가 결국 언니를 망쳤다고 생각하면서도 떼어낼 수 없는 언니의 일부라는 것도 알았다.

은하를 집 앞에 내려주고 은수가 조수석으로 옮겨 앉았다. 새벽의 도로에는 온통 노랗게 깜빡이는 신호등뿐이었다. 동천 시내는 차량 통행이 적은 새벽 시간대엔 적신호와 청신호가 꺼지고 대신 주변을 주의해서 주행하라는 의미의 황신호만 점멸했다.

지수는 5년 전 동천으로 돌아왔다. 서울에서의 생활을 전부 정리하고 왔다는 말 외에는 다른 말을 하지 않았다. 부모님과 함께 살던 집은 지수가 서울로 떠나고 은수가 고등학교를 졸업하면서 정리했고, 부모님은 원주에서 이모네 가족과 살고 있었다. 은수는 지수가 동천에 돌아왔다고 해서 같이 살 생각은 없었다. 혼자 사는 것에 익숙해지기도 했고, 굳이 다 큰 자매가 함께 살아야 할 필요도 없다고 생각했다. 하지만 동천역에 지수를 마중 나갔을 때, 기차에서 내리는 지수에게 짐이라고는 등에 멘 가방 하나뿐이라는 것과 기억 속에서보다 훨씬 야윈 지수의 얼굴과 몸을 보고서는 제 집으로 데려와 옷방으로 쓰던 방을 비워줄 수밖에 없었다.

꿈이 언니를 다치게 했다고 은수는 짐작했다. 그러니 무슨 일이 있었느냐고, 도대체 무슨 일이 있었기에 이렇게 되어버렸냐고 묻는 건 비난의 시작이 될 것만 같아서 말을 삼켰다. 지수가 먼저 말할 때까지 기다리겠다고 다짐했다. 그 뒤로 1년 동안 지수는 방 안에서 대부분의 시간을 보냈다. 집 밖으로는 더더욱 나가지 않았다. 지수를 밖으로 나오게 한 건 '(가칭)동천호수영화제 사무국 직원 모집 공고'였다.

지원서를 보냈다고 말하던 날, 지수는 은수에게 서울에서 있었던 일에 대해 이야기해 주었다. 의기투합해 영화를 만드는 사람들이 있었다. 그들이 지수에게 도움을 요청했고, 지수는 그들을 돕고 싶었다. 그들이 만드는 영화가 멋질 거라고 생각했고, 그 이유만으로 시간과 노력과 돈을 보탰다. 그 뒤로는 뻔한 이야기. 은수도 충분히 짐작했던 이야기. 오해와 배신과

허무와 후회의 이야기. 언니를 망치고 넘어뜨린 이야기. 주저앉힌 이야기.

은수는 원망스러웠다. 이게 다 에너지 때문이야. 뭔가를 하겠다는 마음이, 할 수 있다는 마음이 들어버려서야. 하지만 결국 또다시 그 에너지, 꿈을 향한 인력引力, 그 사그라지지 않는 힘만이 지수를 일으켰다.

이번에도 그럴까. 그럴 수 있을까.

"공무원 시험 보는 건 어때?"

"응?"

"언니가 나보다 머리도 좋고, 대학도 나왔으니까 1년 바짝 공부하면 7급 붙을 수 있지 않을까?"

"무슨 소리야."

"아니면 다시 서울 가. 서울 가서 뭐라도 해."

"은수야. 언니 어디 안 가."

"그럼 여기서 뭐 하게? 영화제도 없어지는데."

"영화제 안 없어져."

차가 회전 교차로에 접어들며 자매의 몸이 같은 방향으로 쏠렸다. 지수가 다시 말했다.

"우리 영화제 안 없어져."

지수가 부드럽게 핸들을 돌렸다.

"언니가 방법을 찾았어."

*

세영은 호수영화제 사무국 사무실에 딸린 회의실에 앉아 있었다. 기다란 테이블 맞은편으로 정유선과 이정훈이, 세영의 옆으로는 지수가 자리했다. 그리고 회의실 한쪽 벽에 설치된 스크린에는 다음과 같은 화면이 띄워져 있었다.

'동천세계호수힐링영화제 재정 자립 계획안'

숙소에서 이곳까지 오는 동안 지수는 방법을 찾았다는 말 외에 자세한 설명은 해주지 않았다. 세영은 이들이, 호수영화제를 누구보다 사랑하는 이들이 결국 방법을 찾았다는 사실이 감격스러웠다. 도대체 어떻게, 사라진 20억을 대체할 생각일까. 어떤 기발한 아이디어가 돌파구가 되었을까. 세영은 기대에 찬 눈으로 지수가 화면을 넘기기를 기다렸다.

6.

세영은 긴장을 풀기 위해 길게 심호흡했다. 손가락과 발가락도 꼼지락거려 보았다. 목이 말랐다. 세영이 입술을 달싹이자 기다렸다는 듯이 눈앞에 물잔이 나타났다. 얼음까지 들어 있는 차가운 물. 하지만 차마 마실 수가 없었다. 자신을 주시하고 있는 열 쌍의 눈동자가 부담스러워서 이대로 물을 마셨다간 고스란히 체할 것 같았다.

어쩌다 일이 이렇게 되었나.

그건 아마도 여기가 동천이기 때문이겠지.

서울에서는 아무리 흔한 것들이어도 동천에는 하나뿐이다. 우체국, 도서관, 극장, 대형마트, 패스트푸드점…… 그리고 세영이 지금 앉아 있는 스타벅스. 동천시의 면적은 서울시와 비슷했지만 인구는 11만 5000여 명에 불과했다. 1000만 명이 살고 있다는 서울시의 25개 자치구 중 한 곳만도 못한 인구수이니, 당연하게 받아들여야 할 일인지도 몰랐다.

세영은 동천에 하나뿐인 스타벅스 2층에 앉아 있었다. 커피잔 두어 개를 겨우 올려둘 만큼 작은 원형 테이블을 네 개나 이어 붙여 열 사람이 둘러앉은 와중에 가장 상석에 따로 의자를 두고 세영이 앉은 상태였다.

"다음 생에서나 들을 얘기를 내가 욕심부리고 있나 보네."

열 사람 중 한 사람이 툭 내뱉었다. 심상한 어투였지만 속뜻은 분명 세영을 향한 얼른 말을 시작하라는 타박이었다.

"물장구만 치려 해도 어지간히 준비운동이 필요한 법인데, 중요한 얘기를 하려니 대단한 마음의 준비가 당연히 필요한 거 아니겠어?"

다정한 목소리는 얼핏 세영의 편을 들어주는 것 같았지만 그조차 재촉의 다른 표현일 뿐이었다. 세영은 자신을 다정히 재촉한 사람이자, 이 곤경의 자리로 끌어들인 사람을 원망스러운 눈으로 바라보았다. 오애란은 세영의 마음을 아는지 모르는지 세영과 눈이 마주치자 고개를 끄덕이며 입을 벙긋거렸다. 그래, 그래, 하고 응원하듯이.

정수기 설치 이후 세영이 오애란과 다시 만난 건 몇 시간 전이었다. 동천에 하나뿐인 대형마트에서 장을 보고 있을 때였다.

숙소인 동산아파트 근처에 청과물과 정육을 판매하는 동산슈퍼가 있었지만 그곳엔 세영이 원하는 그릭요거트와 블루베리가 없었다. 유제품 코너에서 그릭요거트를 찾는 세영에게 동산슈퍼 사장님은 개천 건너 대형마트에 가보라고 알려주었다. 세영은 괜히 머쓱해져서 생각지도 않았던 계란을 샀다.

마트 앞에는 왕복 8차선 도로가 있었는데, 세영이 동천에 와서 본 가장 넓은 대로였다. 그중 마트 쪽 끝 차선에 주차된 차들이 줄줄이 늘어서 있었다. 입구 옆으로 무료 주차장을 안내하는 표지판이 있었지만, 차들은 표지판을 무시하고 도로에 주차를 했다. 비상등도 켜지 않고 후진과 전진을 반복하며 느긋하게 자리를 잡는 차도 있었다. '대로변 불법 주차 금지. 이곳은 주차 금지 구역입니다'라는 현수막 바로 아래에도 주차된 차가 있었다.

동천에서 불법 주차는 흔한 일이었다. 너무 흔해서 아무도 불법이라고 생각하지 않는 듯했고, 오히려 당연하게 여기는 것 같았다. 세영은 동천 곳곳에서 정작 주차장은 텅 비어 있고 멀지 않은 도롯가에 많은 차들이 세워진 풍경을 자주 보았다. "어차피 길에 다니는 차가 많은 것도 아니니, 타고 내리기에 가장 편한 곳에 대는 거죠." 동천에서 운전할 때는 아무리 내비게이션이 미리 오른쪽 끝 차선으로 가라고 안내해도 우회

전 직전에 차선을 바꿔야 한다고, 아니면 주차된 차들 때문에 이리저리 차선을 바꿔야 해서 피곤할 거라고 지수가 알려주었다.

세영은 도로에 주차한 차량을 속히 주차장으로 이동해 달라는 안내 방송이 울리고 있는 마트 안으로 들어갔다. 쇼핑 카트를 끌며 진열된 물건을 둘러보고 있는 사람들 누구도 안내 방송을 신경 쓰지 않았다. 곧 안내 방송이 CM송으로 바뀌었고, 이어서 수산 코너에서 생물 오징어를 세일한다는 목소리가 들려왔다. 그제야 몇 사람이 걸음을 멈추고 잠시 고민했다.

그릭요거트는 냉장 진열대에 딱 하나 남아 있었다. 세영이 원하는 브랜드의 제품은 아니었지만, 그것까지 바랄 수는 없겠다고 생각했다.

"잠깐만 기다려요."

진열대의 그릭요거트를 향해 뻗은 세영의 손을 붙잡은 사람이 오애란이었다. 세영은 얼떨떨한 상태로 고개를 숙여 인사했다.

"그거 좀 있으면 할인 스티커 붙이러 올 거예요."

오애란이 가리킨 곳을 보니 마트 유니폼을 입은 직원이 냉동식품 코너의 몇몇 제품에 할인 스티커를 붙이고 있었다. 하지만 그릭요거트는 마지막 하나였고, 유제품 코너를 둘러보는 사람들은 여럿이었다. 망설이는 세영의 마음을 읽은 것처럼 오애란이 말했다.

“그런 거, 서울에서 온 아가씨나 먹지. 잘 팔려서 하나만 남은 게 아니라 잘 안 팔려서 하나가 남아 있는 거라니까.”

설마 동천에 그릭요거트를 먹는 사람 하나 없을까 싶으면서도, 자기를 믿으라며 호기롭게 말하는 오애란의 기세에 눌려 세영은 유제품 코너의 다른 상품들을 둘러보았다. 서울에서 대형마트를 찾았을 때와는 다르게 확연히 상품의 종류가 적었다. 원래 이런가? 세영은 여러 지역을 다니며 일을 하긴 했지만 모두 단기였을 뿐만 아니라 대부분 외식으로 끼니를 해결했기에 서울이 아닌 곳의 마트에 들른 적은 거의 없었다. 서울이 지나치게 풍요로운 건지, 동천이 부족한 듯 적당한 건지 헷갈렸다. 아마도 둘 다일 거란 생각이 들었다.

곧 마트 직원이 유제품 코너로 다가왔다. 슬라이스치즈와 버터 일부에 할인 스티커를 붙인 직원은 이어 삐뚤빼뚤 서 있는 우유 팩들을 가지런히 정리했다. 세영은 어쩐지 긴장하며 직원의 움직임을 주시했다. 오애란도 함께였다. 오애란은 자신이 뱉은 말에 책임을 지겠다는 듯 세영의 옆에 붙어 서 있었다. 마침내 직원의 시선이 요거트 코너로 향했다. 딸기맛, 복숭아맛, 포도맛 떠먹는 요거트와 저지방 플레인요거트는 할인 스티커 부착 대상으로 선정되지 않았다. 그릭요거트, 단 하나 남은 그릭요거트에만 ‘30% 할인’ 스티커가 붙었다.

오애란이 날쌔게 그릭요거트를 집어 들었다. 그리고 세영이 팔에 걸고 있던 바구니에 쏙 넣었다. 의기양양한 미소는 덤이었다.

세영이 계산대에 설 때까지 오애란의 도움은 이어졌다. 세영이 집으려던 두부의 유통기한이 얼마 남지 않았다는 것을 발견했고, 껍질 깐 소포장 양파보다 망에 든 것이 더 싱싱하다고 귀띔했다. 세영이 오이를 다섯 개 골라 담을 때는 무르지 않고 알찬 오이로 잘 골랐다고 칭찬하기도 했다. 그러다 자기가 너무 참견해서 미안하다고, 서울에서 혼자 사는 딸이 생각나서 그랬다고 덧붙였다. 세영은 괜찮다고, 도와주셔서 감사하다고 대답했다. 사실 세영은 오애란과 마트를 돌아다니는 것이 조금 즐거웠다. 할머니와 장을 보던 때가 떠올라서였다. 할머니도 꼭 그렇게 세영이 물건을 살피고 고르는 것을 옆에서 지켜보다가 하나를 선택하면 그제야 말해주곤 했다. 더 좋은 게 있다고, 혹은 좋은 걸 잘 골랐다고.

오애란은 세영에게 블루베리는 마트의 과일 코너가 아니라 주차장 옆에 마련된 지역 농산물 상설 판매소에서 사는 게 더 저렴하다는 것도 알려주었다.

"동천시민은 추가 할인도 해줘요. 과일이랑 쌀은 거기가 싸. 야채는 비슷비슷하고."

"제가 전입신고를 한 건 아니라, 동천시민이 아닌데……."

"아이, 뭘 그런 걸 따져요? 난 원주 살면서도 동천 사람이다 하고 할인받는데. 걱정 마요, 내가 같이 가서 이 아가씨 동산 아파트 산다고 말해줄 테니까."

오애란의 손에 이끌려 상설 판매소에서 블루베리와 키위까지 사고 나니 세영은 생각지도 못한 짐을 잔뜩 들게 됐다.

"차는 어디 댔어요?"

"저 차 없어요. 걸어왔어요."

"아유, 정말? 그럼 내가 태워다 줄게요."

"괜찮아요, 걸어갈 수 있어요."

"이걸 다 어떻게 들고 걸어가. 무겁게."

무겁긴 했다. 숙소에서 마트까지 내리막길을 15분 정도 걸어왔으니 돌아갈 때는 그 배로 시간이 걸리고 힘들 터였다. 오애란이 주머니에서 차 키를 꺼내 버튼을 눌렀다. 삐빅, 아주 가까운 곳에서 소리가 들렸다. 한적한 주차장에 주차된 몇 대 안 되는 차 중의 하나가 오애란의 차였다.

"어차피 가는 길이에요. 내가 차 타고 지나가는데 창밖에 아가씨가 짐 들고 오르막길 올라가는 게 보이면 속상할 거 같아서 그래."

막상 오애란이 마트에서 산 것은 대용량 세제밖에 없었고, 오애란의 소형차 트렁크엔 세영의 짐이 가득 실렸다. 오애란이 조수석에 두었던 가방을 뒷좌석으로 옮겨 세영이 앉을 자리를 마련해 주었다. 그 가방은 숙소에 정수기를 설치하러 왔을 때도 가져왔던, 여러 도구들이 담긴 가방이었다.

"오늘 일은 다 끝나셨어요?"

"오늘은 일하러 온 거 아니에요. 모임이 있어서 왔어. 오전에는 잠깐 안동에도 갔다 왔고."

"안동이요?"

"사실 내 진짜 고향은 안동이거든요. 거기서 태어났지. 아버지가 할아버지 때부터 안동에 사셨어요. 어머니도 안동 분이시고. 두 분 결혼하고 일 때문에 동천으로 오셨지."

안동이라는 지명이 세영의 기억을 환기시켰다. 동천은 충청북도의 동쪽 끝이라 위로는 강원도 원주와 맞닿아 있는 동시에 아래로는 경상북도 안동과도 가까웠다. 세영은 안동에 가본 적이 없었지만, 안동이라는 지명에는 익숙했다. 할머니가 자주 말했기 때문에. 한국전쟁 피난길에 친척을 찾아갔지만 결국 만나지 못하고 6년이나 머물렀다던 곳. 열 살의 어린 소녀였던 할머니가 열여섯이 될 때까지 살았던 곳. 세영은 할머니가 살아 계실 때 같이 안동에 가보았으면 어땠을까 생각했다. 세영이 알기로 할머니는 열여섯에 안동을 떠나온 뒤로 다시는 안동을 찾지 않았다. 안동에서 살았던 시절의 이야기를 자세히 하지도 않았다. 그저 안동에 갔었다고, 거기서 몇 년을 살았다고, 뭉뚱그려 말하곤 했다. 차마 혼자서는 들춰보기 힘든 기억이었을까. 만약 할머니가 그곳에서 찾던 친척을 만났더라면. 그 친척 가족이 지친 할머니에게 따뜻한 잠자리와 먹을거리, 안심할 수 있는 밤을 주었더라면.

세영은 혹시나 하는 마음을 안고 조심스럽게 물었다.

"혹시 해주 오씨세요?"

"맞아요."

세영의 심장이 빠르게 뛰었다. 어쩌면 할머니가 만나려 했던 친척이 오애란의 아버지나 할아버지는 아니었을까. 그런데 오애란이 태어날 때까지 안동에 살았다는 그들은 어째서 할머니와 만나지 못했나. 세영이 무엇부터 물어야 할지 망설이는 사이, 오애란이 대수롭지 않게 덧붙였다.

"오씨 중에 제일 많은 게 해주 오씨예요. 만났다 하면 다 해주 오씨거든."

"아, 그렇군요."

"그러고 보니 아가씨는 이름이 어떻게 돼요? 정수기는 회사에서 해줬다고 했잖아요."

"박세영입니다."

"밀양 박씨?"

"네, 맞아요."

"박씨도 밀양 박씨가 제일 많죠? 나 아는 박씨도 거의 밀양 박씨더라고."

오애란의 차가 마트 주차장을 벗어나 대로가 아닌 골목길을 이리저리 꺾어나갔다. 대시보드엔 내비게이션이 없었다. 따로 휴대폰을 내비게이션으로 쓰는 일도 없는 듯 거치대도 보이지 않았다.

"그런데 그건 왜 물어봤어요?"

"제가 아는 분도 해주 오씨셔서요."

왜 할머니라고 말하지 않고 아는 분이라고 둘러댔을까. 설명할 수는 없지만 그래야만 할 것 같은 느낌이 들었다. 해주 오씨가 그렇게 여기저기 많다니까, 하고 오애란이 웃었다. 세영도 실없이 따라 웃었다. 어느덧 숙소인 동산아파트가 보였다. 세영이 주로 다니는 가동 쪽 입구가 아니라 재활용품 수거장이 있는 마동 쪽으로 샛길이 나 있었다.

"여기도 치워버렸네."

"뭘요?"

"동천선녀 말이야. 여기 재활용품 수거 안내판에 동천선녀가 있었는데, 싹 치워버렸네요."

오애란은 동천시에서 마스코트를 바꾸려는지 동천선녀 캐릭터를 죄다 없애고 있다고, 안 그래도 오늘 모임이 그 일 때문에 열리는 거라고 말했다.

"이대로 있을 순 없죠. 우리 동천선녀회가 뭐라도 해야지."

"동천선녀회라면……?"

"역대 동천선녀들 모임이죠. 나 같은."

그렇게 말하며 오애란은 자세를 살짝 고쳐 앉았다. 허리를 바로 세우고 턱을 당기고 입가엔 은은한 미소를 지었다. 어쩐지 눈빛마저 초롱초롱 빛이 나는 것 같았다.

숙소가 있는 다동 입구에 차를 세운 오애란이 트렁크에서 짐까지 내려주었다. 세영은 세 팩 묶음으로 산 블루베리와 골드키위를 한 팩씩 오애란에게 건넸다. 오애란은 이러려고 태워준 건 아니지만 사양하지 않겠다고, 모임에 가져가서 나눠 먹겠다면서 고마워했다.

운전석에 타려던 오애란이 방금 떠올랐다며 말했다.

"세영 씨가 안다는 그분 말이에요, 해주 오씨라는 분. 혹시 피난 때 북에서 내려오신 분이면 우리 할아버지 친척이실 수도 있겠네요. 우리 할아버지가 살아 계실 때 맨날 그 말을 하셨거든요. 자긴 해주에서 살았던 진짜 해주 오씨라고. 죽기 전에 거길 다시 가볼 수 있겠냐고 하셨는데, 결국 못 가셨지 뭐."

그러니까 세영이 지금 스타벅스 동천점 2층에 앉아 있는 이유는 바로 이곳이 동천이기 때문이다. 정수기 렌털 회사 직원과 고객이 장을 보다 마주칠 수밖에 없는, 대형마트가 하나뿐인 곳. 짐이 많을 땐 차를 태워주겠다는 호의를 거절하기 어려운, 시내버스 노선이 부족한 곳. 그리고 마스코트였던 캐릭터를 갑자기 폐기하겠다고 선언한 곳.

"저기, 그러니까……."

"자자, 이제 박 감독님 말씀하시는 거 잘 들어보자고."

세영은 아군인지 적군인지 알 수 없는 오애란의 지원사격을 받으며 자리에 앉은 사람들을 둘러보았다. 동천선녀회. 역대 동천선녀선발대회에서 선발된 동천선녀 출신들이 모인 이 모임은 초대 동천선녀부터 마지막 35대 동천선녀까지 총 35명의 여성으로 이루어졌는데, 여러 이유(사망, 노환, 해외 이민 등)로 활동이 어려워진 역대 선녀를 제외하고 지금까지 활동을 이어가고 있는 건 자리에 모인 열 명이었다. 동천선녀선발대회가 매년 개최되던 때는 동천선녀회도 동천에서 제법 영향력이 있는 단체였다. 선거 때마다 국회의원과 동천시장을 배출하는 동천고등학교 동문회 못지않을 때도 있었다. 지금은 모여서 뜨개질을 하거나 반찬을 나눠 먹거나 건강 정보를 공유하는 등 소소한 친목 모임이 되었지만.

"제가 찾아보니 동천선녀는 상징물 조례가 제정되어 있는 동천시의 공식 마스코트예요. 조례에 따라 상표권 등록이 되어 있고, 동천시가 상표권을 소유하고 있어요. 동천선녀를 없애려면, 그러니까 상징물 조례를 개정하거나 폐기하려면 시의회의 승인이 있어야 합니다. 지금까지 동천시의회 안건으로 동천선녀 상징물 조례 폐기안이 올라온 적이 없고요."

"그럼 동천선녀는 동천시 마스코트가 맞는 거죠?"

다급하게 말한 사람은 선녀들이 막내라고 부르는 명경혜였다. 오애란이 걱정하던 사람. 그래서 세영을 이곳으로 데려오게 만든 사람.

세영은 숙소 앞에 자신을 내려주고 떠나려던 오애란을 급히 붙잡았다. 이대로 오애란을 보내면 후회할 것 같았다.

"사실 제가 다큐멘터리 감독이거든요."

"다큐멘터리요?"

"동천선녀에 대한 다큐멘터리를 만들고 싶어요."

도와주실 수 있을까요? 그렇게 묻고 오애란의 연락처를 받을 생각이었다. 동천선녀를 핑계로 이야기를 나누다 보면 자연스럽게 할머니에 대해서도 물어볼 수 있을 것이다. 어쩌면 오애란의 아버지를 만나 직접 이야기할 수도 있지 않을까. 그의 가족들, 할머니를 외면했을지도 모를 사람들에 대해서. 세영은 어느새 그렇게 생각하고 있었다. 그들이 할머니의 친척이라면 왜 할머니를 돕지 않고 모르는 척했는지 알아내겠다는 투지가 생겼다. 그때, 오애란이 세영의 손을 덥석 잡았다.

"다큐멘터리! 그거 막 고발하고 그러는 거죠?"

"네? 아니, 꼭 그런 건 아니고……."

"카메라 숨겨서 찍고 여기저기 조사하고 쫓아가서 인터뷰하고 그런 거!"

"그건 시사다큐멘터리 같은 거고요, 저는 휴먼다큐멘터리……."

"잘됐다! 너무 잘됐어! 세영 씨, 아니 박 감독님! 우리 좀 도와줘요!"

오애란은 세영의 대답을 듣지도 않고 짐부터 받아 들었다. 그리고 숙소로 향하는 계단을 성큼성큼 앞서 올랐다. 세영은 얼떨떨한 채로 오애란의 뒤를 따랐다. 문을 열어주고, 오애란이 시키는 대로 식재료들을 정리했다. 정리가 끝나자 오애란이 말했다. 갑시다, 이제.

명경혜의 눈빛은 간절했다. 세영은 명경혜가 10년 가까이 동천시의 계약직 공무원으로 일하며 인형 탈을 쓰고 동천선녀를 연기해 왔다는 이야기를 오애란에게서 들었다. 며칠 전 계약 종료 통보를 받았다는 것도.

"맞아요, 동천선녀는 동천시 마스코트예요. 아직은요."

잠시 밝아졌던 명경혜의 표정은 세영이 '아직'이라고 말하는 순간 다시 어두워졌다.

"시청 사람들이 동천선녀를 치우고 있다고 들었어요."

"네, 시장 지시라면서 시청 앞에 있던 동상도 철거하고 안내판에서도 다 뜯어내 버렸어요."

"시장은 조례를 없앨 수 없어요. 하지만 조례가 없어지게 할 수는 있죠. 우선 동천선녀를 안 보이게 만들고서 동천선녀의 홍보 실적이 없으니 다른 마스코트로 바꾸자고 안건을 올린다든지요. 실제로 그렇게 공식 마스코트를 바꾸도록 조례를 개정한 곳이 있기도 하고요."

선녀들이 웅성거렸다. 그게 무슨 소리냐고, 앞뒤가 안 맞지 않느냐고, 어떻게 그렇게 치사한 방법을 쓸 수가 있냐고 한마디씩 했다. "강판수 이 심보가 못된 놈. 내 그럴 줄 알았다! 그 놈은 옛날부터 그렇게 속이 꼬인 놈이었어!" 11대 동천선녀 유영자는 강판수 동천시장과 어릴 적 한동네에서 자랐다며 말을 이었다. 골목에서 소꿉놀이를 하는 아이들이 있으면 어린 강판수는 자기도 끼워달라고 말하는 대신 놀이판에 발길질을 해서 뒤엎곤 했노라고.

"그럼 이제 어떡해요?"

세영은 명경혜에게 동천선녀가 어떤 의미인지 다 알지는 못했지만, 명경혜가 동천선녀를 필요로 한다는 것만은 분명히 느낄 수 있었다.

명경혜는 12킬로그램의 동천선녀 인형 탈을 쓰고서 선녀처럼 사뿐사뿐 걸을 줄 아는 유일한 사람이었다. 그 인형 탈은 여름이면 땀으로 흠뻑 젖었고 매일 집으로 가져가 손세탁을 하지 않으면 곰팡이가 피었다. 겨울에는 두꺼운 옷을 입고 인형 탈 안으로 들어갈 수도 없고 동천선녀에게 패딩 점퍼를 입힐 수도 없어서 명경혜는 휴식 시간마다 덜덜 떨었다. 그러다가 행사가 시작되면 아무렇지 않다는 듯 멀쩡히 움직였다. 초등학교 앞에서 교통지도를 하고, 노인정에 가서 춤을 췄다. 김장 행사에도 달려갔고, 개천에서 쓰레기도 주웠다. 동천선녀를 환영하며 손을 흔들고 웃어주는 사람들도 있었지만, 누군가는 다리를 걸었고, 누군가는 가슴이나 엉덩이를 더듬었다. 명경혜는 동천선녀로 일하면서 가족의 생계를 책임지는 가장이기도 했지만, 그보다 먼저 자부심을 가지고 일하며 노하우를 쌓아온 직업인이었다. 납득할 만한 이유도 없이 계약 종료 통보를 받아서는 안 됐다.

"동천선녀 인형 탈, 명경혜 씨가 갖고 있다고 하셨죠?"

"네, 저희 집에 있어요. 소각할 거라고 해서 제가 가져가겠다고 했어요."

"다행이네요. 동천선녀가 마스코트로서 무시하지 못할 홍보 실적을 쌓으면, 시의회에서 조례를 없애지 못할 거예요."

"다큐멘터리로?"

오애란이 수업 시간에 정답을 외치는 학생처럼 소리쳤다가 선녀들에게 설명하듯이 다시 말했다. "박세영 감독님이 찍겠다는 다큐멘터리로 홍보 실적을 쌓는다는 말이에요?" 세영은 고개를 저었다. 아뇨, 그것보다 더 빠르고 강력한 걸로요.

*

은하는 은수가 투덜거리면서 쏟아낸 이야기에 솔깃해졌다.

"1등 상금이 1억이라고?"

"그래, 1억이래. 20억짜리를 1억 가지고 도대체 어떻게 하겠다는 건지. 그보다 1억을 탄다는 보장도 없잖아. 진짜 답답하다, 답답해."

은수는 지수가 아무래도 영화제 예산이 전액 삭감되었다는 사실에 충격을 받아 제정신이 아닌 것 같다고 말했다. 부대행사를 대폭 줄이고 입장료를 받는다고 해도 1억으로 영화제를 개최한다니 말도 안 된다고. 은수는 1억으로는 사무국 직원들 인건비도 안 될 거라며 기막혀 했지만, 지수가 정말 무보수로 일할 생각이라는 건 꿈에도 모르고 있었다. 은수가 열을 식히려 아이스아메리카노를 벌컥벌컥 들이켜는 사이, 은하는 휴대폰으로 인터넷에 접속해 검색창에 '전국마스코트자랑'을 입력했다.

"정말 홈페이지가 있네?"

"있긴 있더라고. 이상한 캐릭터들 좋아하더니 그런 대회는 또 어떻게 알았는지. 올해 처음 열리는 거라 대대적으로 홍보를 해준다나 봐."

"도리가 호수영화제 마스코트로 나간다는 거지?"

"벌써 서류도 냈더라니까. 아주 희망에 부풀어 있어."

은하는 전국마스코트자랑 홈페이지에서 참가 조건을 살펴보았다. 공익을 목적으로 하는 전국 지자체와 공공기관 등의 마스코트일 것. 개인, 기업, 영리단체의 마스코트는 참가 불가. 지역을 거점으로 활동하는 협회나 협동조합, 지역에서 개최되는 축제의 마스코트는 참가 가능.

"은수야, 이거 우리 복동이도 나갈 수 있다는 뜻이지?"

"뭐?"

"지역을 거점으로 활동하는 협회, 이거 우리 동천복숭아농가협회도 해당되는 거지?"

"그건 그렇지."

은수는 문득 불길한 예감이 들었다. 아주 귀찮은 일에 휘말리고 말 것 같은……. 은수는 은하의 저 표정을 잘 알았다. 학창 시절, 은수의 손을 잡고 교실부터 교문까지 운동장을 가로질러 전력 질주하던 때의 표정이었다. 하교 시간이 아니었다. 점심시간도 아니었다. 그냥 쉬는 시간이었다. 다음 수업이 곧 시작되려던 순간이어도 은하는 꽂히는 게 있으면 무작정 달려 나갔다. 야, 정은하, 너희 부모님 동천에 내려오신 것도 그냥 복숭아에 꽂히셔서 그런 거 아니냐고……. 얼마 남지 않은 커피를 홀짝홀짝 마시며 은하의 눈치를 살피던 은수에게 결국 선고가 내려졌다.

"은수 너, 나 도와줄 거지?"

은수가 은하의 부탁을 거절하는 법을 알았더라면, 은하수는 없었을 것이다.

7.

그날이 왔다. 전국마스코트자랑 본선 진출 마스코트가 공개되는 날. 세영은 지수와 함께 동천복합문화센터로 향했다. 동천시의 예산 지원이 끊기면서 업무용 차량을 렌트할 수 없게 되자 출근길엔 항상 지수가 세영을 데리러 왔다. 그나마 숙소는 지난해에 2년 임대계약을 한 덕에 계속 머물 수 있었다.

어느덧 3월 마지막 주, 세영이 동천에 온 지도 곧 한 달이 되었다. 세영은 동천시의 가로수가 대부분 벚나무라는 것을 알게 되었다. 겨우내 앙상했던 가지에 새순보다 꽃망울이 먼저 움텄다. 아직 바람에는 찬 기운이 묻어났지만 햇살이 닿는 곳은 따스했다. 해를 향해 뻗은 가지부터 꽃을 피울 준비를 하고 있었다.

"잘 다녀왔어요?"

"네, 덕분에요."

할머니의 49재는 경기도의 한 절에서 지냈다. 할머니와 인연이 있는 스님이 기일로부터 7일마다 한 번씩 일곱 번 재를 올려 할머니의 천도를 빌었고, 마지막 일곱 번째 재를 올리는 49재 날에는 세영과 고모도 참석했다. 할머니가 다니시던 절이었고, 세영의 아빠와 엄마의 위패를 모신 절이기도 했다. 할머니의 위패도 그곳에 모셨다. "부처님은 사는 게 업이고 다시 태어나는 게 고행이라 하셨지만, 그래도 한 번은 더 다시 태어나라. 다음에는 다르게 태어나서 다르게도 살아봐라. 한 없이, 원 없이, 그리 살다 가기도 해라. 그렇게도 해봐라. 이번은 아니어서 미안하다. 이번에는 아니어서." 할머니가 부모님의 위패 앞에 절을 하며 빌었던 말을 그때의 세영은 이해할 수 없었지만, 할머니의 위패를 바라보고 있으니 할머니의 마음을 알 것 같았다. 세영이 할머니에게 하고 싶은 말도 다르지 않았으니까. 모든 사람이 자기가 사랑하는 사람이 다시 태어날 거라고 생각한다면 세상은 더 나은 곳이 되지 않을까.

"이제 봄이네요" 하고 세영이 말했다. 지수가 창문을 살짝 내려주었다.

"곧 벚꽃이 피면 동천호 주변이 전부 벚꽃길이에요. 서울에서도 보러 오는 사람들이 많아요."

"잘됐네요. 그때 도리 홍보하면 되겠어요."

"도리…… 예선은 통과했겠죠?"

전국마스코트자랑에 도리를 출전시키겠다는 지수의 계획은 그저 1등 상금만을 목표로 하는 건 아니었다. 호수영화제 사무국은 성명을 내고 동천시의 예산 전액 삭감 결정이 부당하다는 입장을 밝혔다. 언론사에 보도자료를 배포하기도 했다. 하지만 《충북일보》에 '지역 소식' 단신으로 소개된 것 외에는 기사가 하나도 나지 않았다. 인터뷰를 요청하는 언론사도 없었다. 전국에서 매년 열리는 축제는 1000개에 달했고, 영화제도 200개가 넘었다. 그중에서 이제 겨우 4회를 개최한, 영화보다는 지역 홍보 축제에 가까운 호수영화제가 관심을 받기는 어려웠다. 호수영화제 홈페이지조차 운영예산이 없어 폐쇄되었다. 돈이 없어 어려운 상황을 알리기 위해서도 돈이 필요했다.

전국마스코트자랑을 홍보하는 광고가 포털사이트와 각종 SNS에 걸렸다. 결선 대회 현장은 공영방송으로 전국 생중계된다고도 했다. 그 자리에서 도리가 호수영화제의 상황을 알리고 크라우드펀딩으로 영화제 개최 자금을 모금하는 것이 지수의 진짜 계획이었다. 영화제 상영작 초청과 시설 운영에 필요한 최소 금액은 2억 원. 만약 도리가 대상을 받아 1등 상금 1억을 받고 펀딩과 협찬을 통해 나머지 1억을 모을 수 있다면 최상의 시나리오일 것이다.

"그럼요. 통과했을 거예요."

세영의 말을 들으면서 지수는 "그게 될 것 같아? 되더라도 그렇게 하는 게 무슨 의미가 있어?"라던 은수의 말을 떠올렸다. 은수의 말도 맞았다. 20억짜리 영화제가 2억짜리 영화제가 되면, 모든 게 이전보다 부족하겠지. 전보다 못하다며 실망하고 외면하는 사람도 생길지 모른다. 하지만 그렇게라도 사라지지 않고 계속되는 것. 지난 시간이 잊히지 않을 수 있게 이어지는 것. 호수영화제가 과거의 한 사건으로 멈추는 것이 아니라 다음이라는 가능성을 갖는 것. 그것이 지수가 바라는 전부였다.

세영과 지수는 동천복합문화센터 3층 소회의실로 향했다. 사무국이 쓰던 2층 사무실은 임대료를 줄이기 위해 비웠다. 자료들은 빈방이 있다는 정유선의 집에 가져다 두었고, 소회의실에 임시 사무실을 꾸렸다. 문을 열고 들어가자 먼저 와 있던 이정훈이 반갑게 손을 흔들었다. 곧 정유선도 도착했다. 소회의실 테이블에 모여 앉은 네 사람이 제5회 호수영화제 사무국 전원이었다.

"중요한 순간을 앞두고 있는데, 국장님, 한마디 하시죠."

이정훈이 정유선을 향해 손을 뻗었다. 정유선은 국장이 아니라 국장 임시 대행이라며 손사래를 쳤다. 정유선이 질색할 수록 이정훈은 더더욱 음절마다 힘을 주어 국장님이라 불렀고, 지수도 세영도 열심히 국장님이라고 불렀다. 예산 삭감이 확정되고 월급을 받을 수 없다는 것이 확실해지자 전 사무국장은 미련 없이 사무국을 떠났다. 공식적으로는 호수영화제의 예산 삭감을 막지 못한 책임을 지고 사퇴하는 것으로 알려졌지만 사무국 사람들은 그가 호수영화제에 애정도 미련도 없다는 것을 잘 알았기에 붙잡지 않았다. 이정훈은 세영에게 "그분이랑 이전 시장님이랑 중학교 바둑부 선후배 사이라 국장 자리를 준 거라는 소문이 있어요"라고 넌지시 귀띔하기도 했다.

"뭐, 어쨌든, 이제 곧 운명의 시간입니다. 우리 호수영화제를 살릴 구원투수! 도리가 전국마스코트자랑 본선에 진출할 수 있도록 마지막 응원의 마음을 보냅시다."

전국마스코트자랑 본선 투표 홈페이지는 오전 10시에 오픈될 예정이었다. 본선 진출 마스코트 명단이 그때 공개되고 온라인 투표도 곧바로 시작이었다. 모두가 떨리는 마음으로 모니터만 바라보았다. 아직 시간이 되지 않았다는 걸 알면서도 자꾸만 새로고침 버튼을 누르게 되었다. 1분 전, 30초 전, 10초 전.

"떴다!"

이정훈이 유난스럽게 외쳤다. 자기 모니터를 봐도 될 텐데,

다들 이정훈의 자리로 모여들었다. '당신의 마음을 사로잡은 마스코트에게 투표하세요!' 회원가입 후 하루 한 표씩 투표할 수 있다는 안내와 함께 본선에 진출한 마스코트들이 가나다 순으로 정렬되어 있었다. 스크롤을 내리자 곧 도리가 보였다.

"그래! 도리야!"

"될 줄 알았어!"

정유선이 인형 탈을 미리 주문하길 잘했다고 말했다. 도리는 인형 탈이 따로 없어 정유선과 이정훈, 지수가 사비를 모아 주문해야 했다. 세영도 보태겠다고 했지만 지수가 단호히 거절했다. "이건 정규직 장들의 몫입니다. 잊지 마세요, 세영 씨는 계약직이라고요." 그 말이 다른 어떤 배려보다 다정하게 느껴져서 세영은 웃고 말았다.

"어? 동천선녀잖아? 복동이까지 있네?"

이정훈의 놀란 목소리에 모두가 다시 모니터를 보았다. 도리의 아래 줄에 동천선녀가, 그 아래 줄에 복동이가 있었다. 같은 고향 출신끼리 경쟁하는 거냐며, 이러면 투표에 불리하지 않겠냐고 이정훈이 투덜거렸다. 정유선이 오히려 시너지 효과를 낼 수 있지 않겠냐고 말했지만 목소리엔 숨길 수 없는 걱정이 묻어 있었다.

지수는 혼란스러웠다. 복동이가 출전할지도 모른다고는 예상했었다. 전국마스코트자랑에 대해 은수가 알게 되었으니 은하의 귀에도 당연히 들어갈 거라고 생각했으니까. 은하수, 그래도 이번엔 언니를 도와줄 줄 알았더니…… 괘씸하지만 어쩔 수 없지. 그런데 동천선녀는 무슨 일인가? 은수에게 듣기로 동천시에선 동천선녀를 마스코트로 쓰지 않으려 한다고 했으니 동천시청에서 참가 신청을 했을 리는 없고…… 그럼 도대체 누가?

"저 잠시, 전화 좀 받고 올게요."

세영은 휴대폰을 들고 사무실 밖으로 나왔다. 평소라면 복도에서 받았겠지만 그대로 계단을 내려가 건물 바깥까지 나가서야 통화 버튼을 눌렀다. "박 감독님!" 하고 오애란이 외쳤다. 세영이 목소리를 낮춰 대답했다.

"보셨어요?"

"됐어! 됐더라고! 이제 우리 어떻게 하면 돼요?"

동천선녀회를 대신해 동천선녀의 전국마스코트자랑 참가 신청서를 제출한 세영은 마치 이중 스파이가 된 것 같았다. 아침이면 호수영화제 사무국으로 출근해 도리를 효과적으로 홍보할 방법을 찾았다. 긴 회의를 할 때도 있었다. 퇴근 후에는 동천선녀가 그동안 동천시 마스코트로 활동한 행적을 조사해 스크랩했다.

온라인 투표를 대비해 최근 인기를 끈다는 영상들도 찾아보았다. 도리가 아이돌 춤을 출 수 있을까? 대학 시절 댄스 동아리였다는 이정훈이 도리의 인형 탈을 쓴다면 가능할지도. 하지만 이정훈은 키가 180센티미터가 넘고, 도리의 인형 탈은 제작비와 관리 문제로 160센티미터로 제작되었다. 정유선과 지수가 번갈아 탈을 쓰기로 했지만 시력이 나쁜 정유선보다는 지수가 주로 도리의 인형 탈을 쓰게 될 것이다. 세영은 지수가 춤을 추는 모습을 본 적이 없다. 하지만 어쩐지 잘 추지 못할 것만 같다. 세영은 음악에 맞춰 몸을 뒤뚱거리는 도리를, 그러다 넘어지며 엉덩방아를 찧는 지수를 떠올린다.

동천선녀는 어떨까. 명경혜는 아이돌 춤 같은 건 우습게 해낼 것 같다. 동천선녀 인형 탈을 쓰고 동천부녀회 사람들과 배추 천 포기의 김장 행사도 해냈다는데, 뭔들 못 할까. 세영은 몇 년 전의 신문 기사에서 빨간 고무장갑을 끼고 절인 배추를 물에 헹구는 동천선녀 사진을 찾아 스크랩했다. 명경혜의 퍼포먼스에 대해서는 의심이 필요하지 않았다. 그보다는 요즘 활동하는 마스코트들과 달리 좋게 말하면 복고적이고 솔직히 말하면 촌스러운 동천선녀 캐릭터의 외형이 더 문제일 것 같았다.

"홍보활동 영상을 올려서 온라인 투표를 받아야 해요. 사람이 많이 모이는 곳이 어딜까요?"

"사람? 이제 벚꽃 필 때니 동천호에 꽃구경들 많이 오겠죠."

"동천호는 안 돼요. 거긴 도리 구역이잖아요."

세영이 다급히 만류했다. 어쩌다 보니 이중 스파이가 되었지만 삼자대면을 할 배짱은 없었다.

"그것도 그렇네. 오리 개가 나올 줄은 몰랐네요. 복숭아도 그렇고."

오애란은 선녀들과 의논해서 홍보하러 나가기 좋은 자리를 찾아보겠다며 전화를 끊었다. 세영은 다시 호수영화제 사무국으로 돌아와서 자연스럽게 회의에 합류했다. 그리고 동천호 둘레길에 벚꽃 구경을 온 관광객들이 도리와 사진을 찍어서 공유할 수 있도록 포토존을 만들자는 의견을 냈다.

*

동천시장 강판수는 기분이 몹시 언짢았다. 충북 지자체장들이 모인 정기 오찬에서 웃음거리가 되었기 때문이었다. 그의 불편한 심기를 풀어보고자 비서관이 "시장님, 그거 별일 아닙니다" 하고 말을 걸었지만 강판수는 아무 대꾸도 하지 않은 채 충북도청에서 동천시청으로 복귀하는 내내 관용차 뒷좌석에 몸을 깊이 기대고서 창밖만 노려보았다.

비서관은 오찬장에서 강판수의 옆자리에 영산군수가 앉도록 자리를 배치한 담당자를 원망했다. 동천과 바로 맞붙어 있는 영산은 한때 동천시로 흡수되거나 둘을 통합한 새로운 시를 만들어야 한다는 말이 나올 정도로 생활권이 묶인 지역이었다. 영산의 학부모들은 아이들을 동천 시내의 학교로 통학시키기 위해 돈을 모아 승합차를 빌렸다. 동천의 식당들은 추가금을 내면 영산 일부 지역까지도 음식을 배달해 주었다. 상황이 이렇다 보니 동천시장과 영산군수는 긴밀히 협의해야 할 일들이 많았는데, 안타깝게도 두 사람의 사이가 아주 좋지 않았다. 서로가 자기 지역의 이익을 우선시하느라 의견을 모으기 쉽지 않았다……고 하면 모양새라도 좋았겠으나, 그저 사적인 문제였다. 영산군수는 중학교 시절 동급생인 동천시장의 코피를 터뜨린 적이 있었고, 동천시장은 그 굴욕을 바로 어제 일처럼 생생히 기억했다.

"선녀! 오리! 복숭아! 그 꼴 보기 싫은 것들이 왜 다 튀어나왔어?"

관용차가 영산군을 지나 동천시로 진입하기를 기다렸다는 듯 강판수가 입을 열었다. 비서관이 오찬장을 빠져나오면서 속사포처럼 쏟아냈던 설명을 다시 읊었다.

"전국마스코트자랑이라고, 지역축제와 지역산업을 살리겠다는 취지로 중앙정부에서 문체부 산하로 새로 출범시킨 선발대회가 있습니다. 거기 동천시 마스코트로 동천선녀, 동천세계힐링호수영화제 마스코트로 도리, 동천복숭아농가협회

마스코트로 복동이까지 동천 마스코트가 셋이나 본선에 진출했다는 이야기에 도지사님 기분이 좋으셨습니다. 충북에서 본선에 진출한 건 그 셋뿐이라면서요."

"그러니까, 그걸 도지사님이 어떻게 알게 되셨냐고!"

"영산군수님이…… 말씀하셨습니다."

강판수는 영산군수의 뺀질뺀질한 얼굴을 떠올리며 이를 갈았다. 오찬 초반에는 강판수도 기분이 좋았다. 같은 테이블에 앉은 이들이 대부분 같은 당이었고, 보궐선거로 당선된 강판수가 앞으로 동천의 터줏대감이 될 거라며 덕담을 건넸다. 강판수도 앞으로 동천을 충북의 경제산업 중심지로 키우겠다며 호기롭게 웃었다. 그때까지만 해도 영산군수는 찍소리도 못하고 있었다. 그런데 강판수가 화장실에 다녀오느라 잠시 자리를 비운 사이에 영산군수가 도지사에게 동천시에 축하할 일이 생겼다며 전국마스코트자랑이라는 듣도 보도 못한 대회 이야기를 꺼낸 것이다.

"도지사님이 먼저 꺼내신 건 아니란 말이지?"

"네, 영산군수님께서 설명을 하셔서 그제야 알게 되신 것 같았습니다."

"그럼 별로 중요한 건 아니군."

"네, 별일 아닐 겁니다."

얼굴만 봐도 치가 떨리는 영산군수는 강판수가 자리로 돌아와 분위기를 파악할 틈도 없이 도지사에게 속살거렸다. "그 마스코트 셋 모두 전임 시장 때 만든 거라더군요. 송범식 시장이 문화산업 쪽에는 일가견이 있었으니까요. 이제 성과를 좀 내나 했는데, 그렇게 가버리셔서……. 죄는 죄겠습니다만, 공은 또 공이죠. 저희 영산군 입장에서는 아쉬움이 큽니다. 동천시와 같이 충북 문화산업단지를 조성하려고 했었는데……. 강판수 시장님이 영 탐탁지 않아 하시는 줄 알았는데 마스코트 대회에도 참가하시는 걸 보니 제가 기대를 놓을 수가 없네요." 그 말에 도지사는 전임 시장이 추진하던 일이라고 해서 무조건 치울 것이 아니라 잘 살펴달라고 말하며 강판수를 바라보았고, 강판수는 영문도 모른 채 꾸중을 듣는 기분으로 고개를 조아렸던 것이다.

"내가 얼마나 바보 같아 보였겠어! 자네는 나 없는 사이에 동천 얘기가 나오는 걸 그냥 보고만 있었어?"

그럼 어쩌란 말인가. 영산군수의 입을 막을까, 도지사의 귀를 막을까. 비서관은 치밀어 오르는 말을 삼키며 차창 너머 먼 곳으로 시선을 돌렸다. 한숨이 절로 나왔지만 한숨 소리를 낼 수는 없었다. 참자, 참아. 강판수가 시의원, 도의원, 국회의원을 연달아 낙선하는 동안에도 곁을 지킨 비서관은 지금 강판수가 듣고 싶어 하는 말이 무엇인지 잘 알고 있었다.

"조치하겠습니다."

정기 오찬에서 동천시장이 영산군수에게 한 방 먹었다는 소문은 공무원 전용 메신저를 타고 쏜살같이 동천시청에 전해졌다. 은수도 동천시청에서 같이 근무하다 인사 교류를 통해 충북도청으로 자리를 옮긴 임용 동기에게서 그 소식을 들었다. 오찬 자리에서 전국마스코트자랑과 동천선녀, 도리, 복동이의 이야기가 나왔다는 것도.

동천선녀가 문제다. 은수는 아마 도리와 복동이만이었다면 영산군수가 오찬 자리에서 말을 꺼내지 않았을 거라고 생각했다. 도리는 호수영화제 로고를 만들 때 친근한 지역축제 이미지를 위해 마스코트가 있으면 좋을 거라는 디자인 업체의 제안에 따라 만든 캐릭터이고, 복동이는 말할 것도 없이 복숭아농가협회에서 자체적으로 만들어 쓰는 캐릭터이니 강판수 시장도 크게 개의치 않았을 것이다. 하지만 동천선녀는 동천시의 공식 마스코트, 그것도 시장이 폐기하려 혈안이 된 마스코트였다. 그런 동천선녀가 전국구 대회에 등장하다니. 복동이가 본선 진출을 했나 알아보려고 근무시간 중에 몰래 전국마스코트자랑 홈페이지에 접속했다가 얼마나 놀랐던가. 은수는 동천선녀를 담당하던 동천시청 홍보팀에 전화를 하려다가 전국마스코트자랑 사무국으로 전화를 걸었다. 그리고 동천선녀회에서 참가 신청을 했다는 사실과 함께 또 하나의 중요한 사실을 알게 되었다. 동천선녀는 동천시의 마스코트이면서 동천선녀선발대회 역대 우승자들의 모임인 동천선녀회의 마스코트이기도 했던 것이다. 무려 동천시 조례에도 명시된 내용이었다.

은수는 어쨌거나 마음의 준비를 해야겠다고 생각했다. 어떤 황당한 지시가 내려오더라도 의연할 수 있도록. 책상 서랍에서 작은 장작처럼 생긴 나무토막을 꺼내 코에 가져다 대고 냄새를 맡았다. 팔로알토라고 불리는 나무토막은 은하가 두통약 대신 쓰라며 선물한 것으로, 기분 전환이 필요하거나 명상을 할 때 태워서 냄새를 맡으면 긴장이 완화되는 효과가 있다고 했다. 기분 탓인지 진짜 효과가 있는 건지 태우지 않고 냄새만 맡아도 마음이 차분해졌다. 물론 참지 못하고 옥상으로 뛰어 올라가 불을 붙여버린 적도 있었지만.

"은수 씨, 그거 효과 있으면 나도 좀 빌려줘."

국장을 따라 시장실에 불려 가던 팀장이 한마디 했다. 은수는 기꺼이 고개를 끄덕였지만 은하의 선물을 팀장과 나눠 쓸 생각은 추호도 없었다. 대충 길에 떨어진 나뭇가지를 주워 와서 껍질이나 벗겨 줄 셈이었다.

시장의 지시 사항은 곧 동천시 공무원 전체에 하달되었다. 다만 도저히 공문으로 남길 수 없는 내용이었던지 입에서 입으로 구전되는 방식으로.

전국마스코트자랑대회 본선 투표에 참여하지 말 것.

동천시 마스코트들이 탈락하도록 해야 함.

동천선녀, 도리(오리), 복동이(복숭아)에게 절대로 관심 주지 말 것.

*

"아니, 도대체 우리 복동이는 무슨 죄야? 강판수가 복숭아 알레르기라도 있나?"

은하가 막대풍선을 구부리며 투덜거렸다. 복동이가 조용히 하라는 듯 팔꿈치로 은하의 옆구리를 쿡 찔렀지만, 은하는 아랑곳하지 않았다. 입으로는 강판수 시장에 대한 불만을 연신 토로하면서 손은 쉴 새 없이 분홍색 막대풍선을 구부려 만든 꽃송이 아래로 초록색 막대풍선을 꼬아 줄기와 잎사귀를 만들었다.

4월의 첫 주말, 동천호 둘레길에는 벚꽃이 만발했다. 동천시민들은 물론 전국 각지에서 꽃구경을 하러 찾아왔다. 화사한 봄옷을 입은 아기들이 꽃그늘 아래서 걸음마를 연습했다. 개들은 자신을 귀여워하는 주변의 시선을 즐기며 위풍당당하게 산책했다. 연인과 함께 사진을 찍고 싶은 사람들이 셔터를 눌러줄 사람을 찾아 두리번거렸다. 공영주차장에 늘어선 관광버스에서는 알록달록한 등산복을 입은 단체 관광객들이 우르르 내렸다. 동천호 주변은 완만한 평지인데도 본격적인 등산화까지 신고 온 사람도 있었다. 지리산 종주도 할 수 있겠군. 은하는 고도의 기능성 의류와 장비를 그저 패션 아이템으로 뽐내는 장년들을 흥미롭게 바라보았다.

"꽃 풍선 얼마예요?"

"판매하는 건 아니고요, 복동이에게 한 표 주시면 무료로 드립니다."

은하의 말에 맞추어 옆에 서 있던 복동이가 몸을 뒤로 빙글 돌렸다. 복동이의 등(혹은 뒤통수)에는 전국마스코트자랑 본선 투표 방법이 적힌 안내판이 붙어 있었다. 봄나들이에 마음이 너그러워진 사람들이 기꺼이 복동이에게 투표하고 꽃 풍선을 받아 갔다. 꽃 풍선을 무료로 나눠 준다는 말이 퍼지면서 길게 줄이 생겼다. 사람들은 꽃 풍선만 받아 가는 게 아니라 복동이와 함께 사진을 찍기도 했다. 라이브 스트리밍을 하던 스트리머가 복동이에게 춤동작 몇 가지를 요구하는 일도 있었다.

"이거 하실 수 있어요? 저랑 같이 영상 찍어주시면 제가 무조건 500표는 보장할게요."

"물론이죠! 당연히 찍어야죠!"

왜 네가 대답하는데? 춤춰야 하는 사람은 난데! 냉큼 고개를 끄덕이는 은하를 복동이 인형 탈을 쓴 은수가 째려보았다.

하지만 그 원망의 눈빛이 전해지기엔 은수가 밖을 볼 수 있는 유일한 창구인 복동이의 눈썹에 난 구멍이 작아도 정말 너무나 작았다. 애초에 복동이는 춤을 출 수 있는 체형도 아니잖아! 항변하고 싶었지만 혹시 자신의 목소리를 알아보는 사람이 있을까 봐 입을 꾹 다물었다. 동천시청 공무원이 복동이 인형 탈을 쓰고 홍보를 도와주고 있다는 사실이 알려져서는 안 됐다. 결국 은수는 춤인지 몸부림인지 모를 것을 수많은 사람들 앞에서 선보여야 했다.

이렇게 해서 한 표라도 더 받을 수 있다면 해야지. 어쩔 수 없었다. 은수는 동천시 공무원들에게 내려진 투표 금지령의 영향력이 그토록 클 줄은 몰랐다. 본선 투표가 시작되자 동천시의 마스코트 셋을 제외한 나머지 마스코트들의 투표수는 매일 갑절로 늘어났다. 다른 지역에서는 동천시와는 반대로 공무원들에게 자기 지역 마스코트에게 투표할 것을 적극적으로 독려했고, 근태 확인을 하듯 투표 여부를 보고하게 하거나 시청 로비에 게시판을 만들어 그날의 투표 현황을 표시하는 곳도 있었다. 공무원뿐만 아니라 시민들에게 투표를 부탁하며 상품을 건 이벤트를 하는 곳도 많았다. 동천시 마스코트들의 순위는 연일 하락해 이제는 나란히 꼴찌 대열을 형성하고 있었다.

복숭아 수확철인 여름이었다면 복숭아라도 한 알씩 나눠

주며 투표를 부탁할 텐데, 어떻게 하면 좋으냐고 동동거리던 은하는 설상가상 다리까지 다쳤다. 그렇게 야심한 시각도 아니었는데 센서형 가로등이 고장으로 켜지지 않은 길은 칠흑같이 어두웠고 보도블록 교체를 한다고 바닥까지 뒤엎은 상태였다. 아차, 하는 사이 발목이 꺾였다. 너무 아파서 소리도 지르지 못했다. 눈물이 저절로 흘렀다. 울먹이는 은하의 전화를 받은 은수는 당장이라도 시청으로 달려가 시장실 문이라도 부수고 싶은 심정이었다. 멀쩡한 보도블록을 도대체 왜 교체하는가. 그 이유가 보도블록이 배치된 모양이 시장의 마음에 들지 않아서라고 하면 누가 믿을까. 아니, 동천에서는 그 믿을 수 없는 이유야말로 다른 무엇보다 신빙성을 가지기 때문에 문제다. 은수는 더 이상은 참을 수가 없었다.

"복동이 꼭 1등 시켜야 해, 내가 도와줄게."

은수는 강판수 시장이 동천선녀와 도리뿐만 아니라 복동이까지 훼방 놓는 이유를 알았다. 동천복숭아농가협회가 주목받지 않기를 바라기 때문이다. 동천을 복숭아밭이 펼쳐진 곳이 아닌 물류센터와 공장단지가 들어선 곳으로 만들고 싶기 때문이다. 취임 때부터 소문이 무성하던 강판수 시장의 계획이 점점 수면에 드러나고 있었다. 동천시청 공무원들 사이에는 강판수 시장의 친인척들이 암암리에 복숭아밭을 구매한다는 이야기가 돌았다. 기후변화에 따른 수확량 감소를 핑계로 복숭아를 동천의 특산물에서 제외하고 특산물 재배 지원금을 삭감하는 조례 개정안이 다음 시의회 안건으로 올라올 거라고도 했다. 가족 중에 복숭아밭을 가진 이가 있는 공무원들은 당분간 땅을 비워두는 게 돈 버는 일이라는 말을 몰래몰래 전했다. 복숭아농가협회 사람들은 얼굴만 마주하면 당장 올해 농사를 어떻게 해야 할지를 놓고 갑론을박했다. 곧 복숭아꽃이 필 때였다. 한 해 농사에서 가장 중요한 시기이니 다른 것은 생각하지 말고 함께 힘을 모으자는 은하네의 의견은 동천 출신이 아니라는 이유로 무시당했다. 동천의 발전을 논하는 자리에 함부로 끼지 말라는 면박과 함께.

동천의 발전. 은수는 그 말이 지겨웠다. 강판수만이 아니다. 전임 시장인 송범식도, 그 전임 시장도 그랬다. 출마한 이들은 선거철이면 모두 그 말을 했다. 동천을 발전시키겠습니다. 동천을 더욱 발전시키겠습니다. 발전이 도대체 뭔가. 돈을 많이 벌면 발전인가. 건물을 많이 지으면 발전인가. 얼마나? 언제까지? 서울만큼이면 되나? 그럴 수가 있나? 그럼 서울에는 서울을 발전시키겠다고 말하는 사람이 없나? 목적 없이 그저 돌진하기만 하는 고장 난 전차처럼, 대의라는 거창한 이름으로 명분을 만들고 전진을 위한 전진만 계속하고 있는 이곳에서 자신 역시 하나의 성실한 톱니바퀴에 불과하다는 사실이 정말 지긋지긋했다. 복동이 인형 탈을 쓰고 전국에 소리치고 싶을 만큼. 여러분! 여기 동천에서 무슨 일이 일어나고 있는지 좀 들어보세요!

"은하야!"

은수, 아니 복동이는 멀지 않은 곳에서 들려오는 익숙한 목소리에 퍼뜩 정신을 차렸다. 지수였다. 호수영화제 사무국 사람들과 동천호 둘레길을 돌며 도리 스티커를 나눠 주고 있었다. 주문한 도리 인형 탈이 아직 완성되지 않았다고 동동거리더니 다행히 스티커는 도착한 모양이었다. 지수가 은하를 알아보고 손을 흔들며 가까이 다가왔다. 복동이, 아니 은수는 입이 바싹 말랐다. 미리 은하를 단속해 두긴 했지만, 혹시나 복동이 인형 탈 안의 사람이 자신이라는 것을 지수가 알아보면 어쩌나 걱정이 피어올랐다. 전국마스코트자랑이라니, 그게 되겠냐며 지수에게 핀잔을 주었던 자신이 복동이가 되어 투표를 위해 재롱을 부리고 있는 모습을 들킬 수는 없었다. 언니가 왜 그렇게 열심인지 조금은 알 것 같다는 쑥스러운 고백이 따라 나오고 말 것 같았다.

"언니! 도리 홍보 하러 나온 거예요?"

"응, 복동이도 나왔구나. 안녕하세요?"

"이쪽은 아르바이트생이에요. 제가 다리를 다쳐가지고."

은하가 넓은 바짓단을 들어 올려 발목의 깁스를 보이며 앓는 소리를 했다.

"그랬구나. 협회 분이신 줄 알았네."

지수가 호수영화제 사무국 사람들을 은하에게 소개하는 동안 복동이는 속이 터졌다. 엄연히 라이벌인데 뭐가 좋다고 웃고 있는 거야? 투표는 하루 한 번, 1인 1표라고. 다중 투표는 안 된단 말이야. 얼른 가라고 해, 우리 투표 받아야지. 얼씨구, 간식까지 받아? 꽃 풍선은 왜 줘?

"여기엔 왜 이렇게들 모여 계신 거예요?"

질문한 사람은 '동천선녀에게 한 표를!'이라 적힌 어깨띠를 두른 여자였다. 여자의 뒤로 줄줄이 같은 어깨띠를 한 여자들이 서 있었다. 무리의 끝에는 과연 동천선녀가 있었다.

전국마스코트자랑 본선에 진출한 동천시의 마스코트 셋이 한자리에 모인 순간, 자신의 정체를 숨긴 두 사람은 뜻밖의 상황에 긴장하고 있었다.

8.

주말의 화창했던 날씨와는 달리 하늘이 잔뜩 찌푸린 며칠이 이어졌다. 봄날의 햇살을 가린 건 구름이 아닌 미세먼지였다. 동천은 산악 지대가 많은 근방과 달리 동천호 주변으로 넓은 평지가 펼쳐진 분지여서 미세먼지를 실은 대기가 빠져나가지 못하고 고이는 일이 잦았다. 동천호의 습기가 흩어지지 않고 짙은 안개로 맴도는 것도 이 때문이었다. 길을 걷는 사람들은 마스크를 끼고 바삐 걸음을 옮겼다. 주변을 둘러볼 여유는 없어 보였다. 시청에서 나온 살수차가 쌓인 먼지를 닦아내기 위해 바닥에 물을 뿌리며 지나갔다. 금세 탁한 물웅덩이가 생겼다. 세영은 그런 바깥의 모습을 숙소 창가에서 촬영하고 있었다.

"투표 마감 일주일 전. 동천의 세 마스코트 중 가장 순위가 높은 건 동천선녀지만 결선에 진출하기엔 무리다. 뭔가 방법이 필요하다."

투표 마감까지는 일주일밖에 남지 않았다. 그동안 동천선녀는 동천선녀회 선녀들과 동천역, 동천중앙시장, 동천노인복지회관 등을 찾았다. 다행히 어딜 가든 선녀들 중 한 명과 아는 사람을 만날 수 있었고, 그 사람을 중심으로 주변 사람들을 포섭해 나갔다. 투표 의사를 밝힌 사람들이 전국마스코트자랑 홈페이지에 가입할 수 있도록 돕는 것이 세영의 주된 일이었다. 선녀들의 지인은 온라인 투표에 익숙하지 않은 고령층이 많았다. 그래도 다들 의리가 있었다. 매일 한 표씩 투표할 수 있다는 사실을 잊지 않고 성실히 참여했다. 선녀들의 휴대폰으로 아침마다 투표 완료를 알리는 문자메시지가 도착했다.

도리는 영화 애호가들이 모인 온라인 커뮤니티에 투표를 부탁했다. 영화 포스터를 패러디한 홍보 포스터가 반응이 좋았다. 동천호 전망대 난간에 서서 팔을 활짝 벌리고 〈타이타닉〉을, 마트에서 파인애플 통조림을 들고 〈중경삼림〉을, 불 꺼진 동천복합문화센터 복도에서 〈여고괴담〉을 연출했다. 복동이는 동천을 벗어나 가까운 영산군부터 충청북도청이 있는 청주시까지 원정을 나갔다. 가는 지역마다 복숭아밭을 찾아 방문하는 것도 잊지 않았다.

세 마스코트의 노력에도 다른 마스코트들의 득표수를 따라잡기는 역부족이었다. 잠깐의 관심으로는 꾸준한 물량 공세를 이길 수가 없었다. 또 다른 문제도 있었다. 본선에서는 투표도 중요하지만 마스코트 본연의 임무인 홍보활동을 충실히 하고 있다는 것을 증명하는 활동 영상을 올려야 했다. 다른 지역의 마스코트들은 지역 행사에 참석하거나 광고를 촬영하는 등 마스코트로서의 공식 활동 영상을 올리고 가산점을 받았다. 하지만 동천시의 마스코트들은 공식 활동이 없었다. 사람이 모인 곳에 찾아가 투표를 해달라고 매달리는 것이 전부였다. 세영이 아무리 편집을 열심히 해도 없는 내용을 만들어낼 수는 없었다.

세영은 고민에 빠진 채 책상으로 돌아와 앉았다. 모니터에는 두 개의 영상이 정지된 채 띄워져 있었다. 하나는 지난밤 편집을 마친 도리의 홍보활동 영상이었다. 도리는 영업이 중단된 극장 앞에서 피켓을 들고 서 있었다. 피켓에는 '동천에서 영화 보고 싶어요'라고 적혀 있었다. 그날 세영은 도리, 아니 지수에게 조금 더 크게 움직여 보라고 지시했었다. 움직임이 커야 영상에 잘 나온다고. 도리의 인형 탈을 쓴 지수가 힘차게 피켓을 흔들 때마다 도리의 날개가 파닥였다. 날고 싶어 하는, 하지만 날지 못하는 오리처럼.

다른 영상은 이른 새벽 동천시청 앞 도로에서 쓰레기를 줍는 동천선녀의 모습이었다. 편집하지 않은 촬영본 그대로였다. 세영은 영상을 재생했다. 도로 건너편에서 촬영한 동천선녀는 사위가 채 밝아지지 않고 어슴푸레한 탓에 얼핏 사람처럼 보였다. 인형 탈을 쓴 사람이 아니라 그냥 사람. 명경혜는 전국마스코트자랑에 참가 신청서를 낸 뒤로 하루도 빠짐없이 새벽에 동천시청 앞에 나와 도로의 쓰레기를 줍는다고 했다. 영상 끝부분에는 인형 탈을 벗은 명경혜의 얼굴과 목소리가 담겨 있다. "착한 일을 하면 하늘이 복을 준다고 하잖아요. 복을 좀 적립해 보려고요. 명경혜가 아니라 동천선녀가 받아야 할 복이니까, 동천선녀로 쓰레기 줍는 거예요." 명경혜는 촬영은 해도 괜찮지만 홍보영상으로 사용하진 말아 달라고 했고, 세영은 그러겠다고 대답했다.

이대로 탈락할 수는 없었다. 그러기엔 너무 아쉬웠다. 세영은 더 이상 두 마스코트 사이를 오가며 눈치 볼 때가 아니라고 생각했다. 오직 도리를 위해서만 일하고 있던 게 아니라는 걸 알면 지수가 실망할지도 모르지만, 자신에 대한 실망보다 도리가 탈락했을 때의 실망이 더 클 것이 분명했다. 세영은 지수에게 전화를 걸었다.

"지금 만날 수 있을까요?"

모인 사람은 모두 일곱 명이었다. 호수영화제 사무국의 양

지수와 이정훈, 동천선녀회의 오애란과 명경혜, 동천복숭아 농가협회의 정은하와 김지원, 그리고 박세영. 일곱 사람이 세영의 숙소에 모였다. 일단 모으긴 했지만 여러 사람을 이끌며 말하는 것이 익숙하지 않은 세영은 자꾸만 머뭇거렸다. 이쪽은…… 아, 그리고 저쪽은…… 어, 그러면 인사, 할까요? 다행히 지수가 나서주었다.

"안녕하세요? 호수영화제 사무국 양지수입니다. 호수영화제 마스코트 도리를 전국마스코트자랑 1등으로 만들어서 올해 제5회 호수영화제를 개최하는 것이 목표입니다."

지수가 이어서 이정훈을 소개했고, 국장인 정유선은 전국의 영화제 사무국장들이 모인 비상대책회의에 참석하느라 자리를 비웠다고 설명했다. 동천에서만이 아니라 전국 곳곳에서 영화제와 관련된 예산 삭감이 이뤄지고 있었다.

"동천시 공식 마스코트 동천선녀로 일하는 명경혜입니다."

"저는 15대 동천선녀 오애란이에요. 반가워요. 그런데 혹시 다들 집에 정수기는 어디 거 쓰시나요?"

오애란이 넉살 좋게 웃으며 명함까지 돌렸다. 정은하가 "어디서 뵌 것 같다고 했는데, 저희 집 정수기 필터 바꿔주러 오셨었죠?" 하고 알은체했다. 이정훈도 기존 정수기 계약이 끝나간다며 연락드리겠다고 너스레를 떨었다.

"아마 제가 가장 정수기가 필요한 사람일 것 같은데요. 김지원이라고 합니다. 태어나긴 영산에서 태어났지만 초등학교, 중학교, 고등학교 모두 동천에서 다녀서 거의 동천 사람이고요."

"그 정도면 동천 토박이지."

"동천 출신이라고 해도 누가 뭐라고 못 하죠."

"서울에서 대학 졸업하고 월급쟁이 생활을 좀 하다가 이번에 동천으로 돌아왔습니다. 동천호 가는 길에 있는 군 비행장 근처에 자그마한 카페를 열려고 공사 중입니다. 여름에 복숭아 싸게 납품받는 조건으로 동천복숭아농가협회 복동이로 단기 활동하기로 했습니다. 잘 부탁드립니다."

"저번에 보니 복동이는 동글동글 짧던데 이 총각은 멀대같이 커서 이상하지 않으려나?"

오애란의 말에 김지원이 안 그래도 전신 슈트를 새로 주문했다고 대답했다. "참고로 쫄쫄이는 아닙니다. 복슬복슬한 원단이에요. 한 벌로 붙어 있는 옷이라 화장실 가기는 좀 불편하지만요." 김지원은 분홍색 전신 슈트를 입고 팔다리를 내놓을 수 있도록 구멍이 뚫린 복숭아 모양의 인형 탈을 쓰기만 한다면 누구나 복동이가 될 수 있다고 덧붙였다.

"부모님과 동천 특산물 복숭아 농사짓는 청년 농부 정은하입니다. 여기 지수 언니하고는 친한 사이지만, 복동이의 우승을 위해서라면 잠시 모르는 사이가 될 생각도 있습니다."

정은하의 말이 끝나자 자연스레 모두의 시선이 세영에게 쏠렸다. 전국마스코트자랑에 대해 할 말이 있다고 마스코트와 관계된 사람들을 모은 사람. 몇 달 전까지는 한 번도 동천에 와본 적이 없었던 사람. 또 몇 달이 지나면 동천을 떠날 사람. 그리고 다시는 동천에 올 일이 없을지도 모를 사람. 하지만 지금은 동천의 마스코트들이 더 많이 알려지길 누구보다 바라는 사람.

"박세영입니다. 호수영화제 사무국에서 계약직 직원으로 일하고 있습니다. 그리고…… 동천선녀회 분들의 도움을 받아 동천선녀에 대한 다큐멘터리를 찍고 있습니다."

세영은 자신을 바라보는 사람들 사이에 도리가, 동천선녀가, 복동이가 앉아 있다고 상상해 보았다.

"전국마스코트자랑 결선에 진출하기 위해 모두 같이 힘을 합쳤으면 합니다."

*

점심시간, 동천시청 구내식당 입구 밖으로 길게 늘어선 줄에 합류한 은수는 휴대폰 알림을 확인했다. 은하가 보낸 사진들이었다. 요 며칠 은하는 '복동이 활동 보고'라며 은수에게 수시로 사진을 보내왔다. 사진 속에는 동천 곳곳을 누비는 복동이와 도리, 동천선녀의 모습이 담겨 있었다. 언니인 지수와 서울에서 같이 영화제작 수업을 들었다는 박세영의 모습도 보였다. 카메라를 든 박세영은 바닥에 거의 드러누울 듯이 몸을 낮추고 있었다.

그 사람이 세 마스코트의 합동 홍보를 제안했다고 들었다. 은수는 일리 있는 말이라고 생각했다. 다중 투표를 할 수 없다는 규칙에 따라 세 마스코트는 라이벌 관계이긴 했지만 누구도 결선 진출을 확신할 수 없는 현재 상황에서 그들끼리의 경쟁은 사실상 무의미했다. 오히려 서로가 부족한 점을 보완하며 협동하는 것이 조금이나마 도움이 될 터였다. 그리고 그 예상이 맞았다.

마스코트가 셋이나 뭉쳐 다니니 사람들의 시선을 확실히 끌었다. 모인 관심이 셋으로 분산될 수밖에 없었지만 애초에 홀로 모을 수 있는 관심보다는 많았다. 박세영은 세 마스코트의 홍보영상을 콩트 시리즈로 구성했다. 콩트는 반전의 결말을 예고하면서 다음 영상으로 이어졌다. 1편은 도리의 소셜미디어에, 2편은 복동이의 소셜미디어에, 3편은 동천선녀의 소셜미디어에 올리는 식으로. 세 마스코트의 소셜미디어에 돌아가며 업데이트되는 영상은 사람들의 호기심을 불러일으켰고 단독 영상보다 조회수가 높았다. 투표수도 꾸준히 늘어났다. 하지만 그래도 부족했다.

시청에서 조금만 도와주면 좋을 텐데. 은수는 속상해서 자기도 모르게 입을 비죽거렸다. 겨울의 추위가 물러가고 날이 풀리는 봄에는 시청에서 주관하는 여러 야외 행사들이 열렸다. 지난주만 해도 식목일 나무 심기 행사가 있었고, 다음 주에는 개천에서 건강 걷기 행사가 열릴 예정이었다. 주말이지만 은수를 비롯한 시청 공무원이 전부 동원되는 큰 행사였다. 이런 때 마스코트들을 불러서 투표 방법도 안내하고 홍보영상을 찍으면 얼마나 좋을까. 하지만 강판수 시장이 눈을 부릅뜨고 있는 와중이니 이루어질 수 없는 바람이리라. 은수는 한숨을 쉬며 자율 배식대의 반찬들을 식판에 옮겨 담았다.

"무슨 걱정 있어?"

혼자 먹으려고 일부러 구석 자리에 앉았건만 굳이 찾아온 차석이 맞은편에 앉으며 물었다. 은수는 그냥 좀 피곤하다고 대답했다.

"피곤할 만하지. 사장님 때문에 우리 팀 일이 너무 많았잖아. 나도 요즘 아무리 자도 피로가 풀리지를 않더라고. 주말에 제천으로 온천이나 좀 다녀올까 해."

공무원들은 모시는 단체장을 부를 때 '사장님'이나 '회장님'이라는 호칭을 쓰곤 했다. 공직사회 내부의 상황이 일반 대중에 알려지지 않도록 시장님이나 위원장님같이 특정되는 호칭들을 보통의 회사에서 흔히 사용하는 호칭으로 바꾸어 쓰는 것은 공무원 사회의 암묵적인 규칙이었다. 실제로는 공무원들끼리 불만을 토로할 때 혹시 모를 안전장치로써 주로 쓰이고 있었지만. 예를 들면 "제가 시장님 욕을 했다고요? 그럴 리가요. 아는 식당 사장님 얘기를 했을 뿐입니다" 하는 식으로.

"온천 좋네요."

은수가 성의 없이 대꾸했지만, 차석은 눈치채지 못한 듯 작년에 부모님 모시고 제천의 온천 리조트를 다녀왔다는 이야기를 신나게 늘어놓았다.

"리조트에 외국인들이 엄청 많더라고. 서울도 부산도 제주도도 아니고 여기까지 어떻게 알고 왔나 했는데, 얘기를 나눠보니까 그 사람들도 동천에 산다는 거야. 관광객이 아니라 이주노동자들이더라고."

차석은 충북에만 2만 명이 넘는 이주노동자가 있다는 사실을 알고 있었냐며, 동천에도 3000명이나 된다고 말했다. 은수도 거리나 편의점, 식당 등에서 이주노동자들을 자주 마주쳤지만 그렇게 많을 거라고는 미처 생각하지 못했다. 하지만 이내 당연하다는 생각이 들었다. 동천의 인구는 매년 줄어들고 있었다. 출생률도 전입률도 겨우 한 자릿수였다. 그래도 누군가는 일을 해야 하지 않은가. 건물을 세우거나 부수고, 공장을 돌리고, 농사를 짓고……. 그리고 그렇게 번 돈을 동천에서 쓸 사람도 필요했다. 동천을 진짜 발전시키는 사람이. 밥을 먹고, 일을 하고, 잠을 자면서 동천을 살아 있게 하는 사람이라면 그 사람의 국적과 인종은 중요하지 않았다.

"사장님도 이주노동자 정주 지원에 힘쓰신다고 하더라고."

"그래요?"

"지난주에 벌써 100명이나 새로 왔다던데? 어디더라, 이름 어려운 나라랑 협약도 맺었대."

강판수가 도움이 될 때도 있구나. 은수는 깨끗하게 비운 식판을 들고 자리에서 일어섰다. 오지랖이 넓고 궁금한 게 있으면 파고들어 알아보길 좋아하는 차석의 성격이 평소엔 귀찮기만 했는데 오늘은 고마웠다.

"저 먼저 가볼게요. 천천히 드시고 오세요."

은수는 가벼운 발걸음으로 시정팀 사무실로 돌아와 책상에 앉았다. 그리고 전국마스코트자랑 홈페이지에 접속했다. '회원가입' 버튼을 누르자 가입 신청서 화면이 떴다. 각 항목을 꼼꼼하게 살펴본 은수는 슬쩍 미소 지었다. 은수의 기억이 맞았다. 외국인도 휴대폰 번호만 있으면 가입할 수 있었다.

*

트로트가 크게 울려 퍼졌다. 간드러진 가수의 목소리와 흥겨운 박자에 맞춰 복동이가 다리를 굽혔다 펴길 반복하며 몸을 들썩였다. 그 옆에서 도리도 양 날개를 파닥였고, 동천선녀는 덩실덩실 어깨춤을 췄다. 동천 시내에 새로 문을 연 식자재 마트의 개업 세일 행사 마지막 날이었다.

식자재 마트는 주로 식당에서 대량으로 식자재를 구매할 때 이용하는 마트지만 식당을 운영하지 않더라도 비싼 물가 때문에 저렴하게 장을 보려는 사람들도 많이 찾았다. 동천은 물론이고 영산에까지 개업 세일 전단지를 돌린 '동천 제일 식자재 마트'는 대기업이 운영하는 대형마트보다도 규모가 컸다. 카트를 끌고 입구로 들어가는 사람들에게 '동천의 마스코트들에게 한 표를!'이라 적힌 어깨띠를 두른 동천선녀회가 종이를 한 장씩 나눠 주었다. 10개 국어로 적힌 전국마스코트자랑 홈페이지 가입 방법과 투표 방법 안내지였다.

식자재 마트 사장이 8대 동천선녀 홍경숙의 동생의 친구였다. 덕분에 마스코트들은 사흘간의 개업 세일 기간 동안 입구에서의 홍보활동을 허락받았다. 정은하가 익명의 친구로부터 도움을 얻었다며 만들어 온 10개 국어 안내지의 효과는 놀라웠다. 식자재 마트는 다양한 수입식품을 판매해 이주노동자들도 많이 찾았다. 안내지를 받은 이주노동자들은 기꺼이 동천의 마스코트들에게 투표해 주었을 뿐만 아니라 한국에서 일하고 있는 이주노동자들의 커뮤니티에도 홍보를 해주었다. 세영은 홍보영상 자막에 번역 자막도 붙였다. 여러 나라의 말로 댓글이 달렸다.

이주노동자들이 마스코트들과 어울려 춤을 추었다. 장을 보러 온 어르신들이 난데없이 벌어진 춤판에 자연스럽게 합류했다. 과자 봉지를 하나씩 품에 안은 아이들이 춤추는 어른들을 신기하게 바라보았다. 소란에 놀란 개들이 짖었다. 개들을 말리는 사람들을 보며 다른 사람들이 웃었다. 세영은 그 모습을 빠짐없이 카메라에 담았다.

"잠시 뒤 5시부터 행운권 추첨이 있겠습니다."

확성기를 든 직원이 반복해서 안내했다. 세일 기간 동안 구매 금액별로 증정된 행운권을 응모함에 넣으면 추첨을 통해 1등 한 명에게는 순금 한 돈을 선물로 주는 이벤트가 있었다. 2등 열 명에게는 쌀 한 포대를, 3등 스무 명에게는 사과 한 상자를 주었다. 다만 추첨 현장에 참석한 사람에게만 선물을 증정한다고 했기 때문에 추첨 시간이 다가올수록 사람이 구름떼같이 몰려들었다. 주차장은 이미 만차였고, 주변의 골목과 대로까지 차들이 점령한 상태였다.

마스코트들은 추첨이 끝날 때까지 주차장 구석에 설치된 천막에서 쉬기로 했다. 추첨이 끝나고 돌아가는 사람들에게 안내지를 돌리는 것으로 오늘 일정을 마무리할 예정이었다. 이정훈과 정은하가 간식거리를 사 오겠다며 마트 안으로 들어갔고, 선녀들도 저녁 찬거리를 사야겠다며 뒤를 따랐다. 도리가 머리를 들어 올리자 지수의 얼굴이 나타났다. 복동이의 복숭아 몸통 밖으로 김지원이 빠져나왔다. 동천선녀는 명경혜가 아닌 동천선녀인 채로 말했다.

"이제 하루 남았네요."

세영은 아침에 보았던 득표수를 떠올려보았다. 셋 중에 순위가 가장 높은 건 도리였다. 11위. 결선 진출의 마지노선인 10위와의 격차는 그리 크지 않았다. 며칠 전 정유선이 전국의 영화제 사무국장들과 기자회견을 한 덕분인 듯했다. 호수영화제 단독이었다면 관심을 갖는 언론사가 드물었겠지만, 부산국제영화제와 전주국제영화제를 비롯한 전국의 영화제들이 한목소리를 내자 공중파 채널의 뉴스에도 등장했다.

이정훈은 어쩌면 전국마스코트자랑 결선에 나간다는 계획이 무산되더라도 다른 방법이 생기지 않겠느냐며 기뻐했다. "동천시에서 지원금 삭감 결정을 취소할 수도 있지 않을까?" 이정훈의 희망적인 목소리에도 지수의 표정이 밝아지지 않았던 것을 세영은 기억했다. 지수의 동생이 동천시청 공무원이라고 했다. 지수도 혹시나 하고 알아보았을 것이다. 하지만 좋은 소식이 없었던 거겠지. 세영도 다른 지역 영화제들의 사정을 살펴보았지만 예산을 삭감한 지자체들은 유야무야 넘어가길 기다리는 것 같았다. 동천시도 마찬가지이리라.

복동이는 16위, 동천선녀는 19위였다. 명경혜의 말처럼 투표는 이제 하루밖에 남지 않았다. 내일 오후 6시에 투표가 종료되면 득표수 1위부터 10위까지의 마스코트가 결선 진출 마스코트로 확정되는 것이다.

"그래서 말인데, 이제부터는 도리에게 몰아줍시다."

명경혜의 말을 김지원이 이어받았다.

"저도 찬성입니다. 은하 씨하고도 얘기했거든요. 하나라도 결선 가는 게 좋을 것 같다고."

지수는 당황한 얼굴로 세영을 바라보았다. 세영도 당황하기는 마찬가지였다. 물론 최선의 방법이라고 생각하긴 했다. 세영이 먼저 제안해 볼까 망설이던 말이기도 했다. 하지만 그토록 간절하게 동천선녀의 결선 진출을 바랐던 명경혜가 먼저 말을 꺼낼 줄은 예상하지 못했다.

"셋 다 떨어지면 너무 아쉬울 것 같아서 그래요. 우리가 힘 모아주면, 도리는 될 것 같아. 도리가 가서 우리 얘기도 좀 해줘요. 동천에 친구들 있다고. 동천선녀랑 복동이도 있다고."

명경혜의, 아니 동천선녀의 다정한 말에 지수가 눈물을 터뜨렸다. 동천선녀가 지수에게 다가가 가만히 지수를 끌어안아 주었다. 세영은 그 모습을 촬영하지 않았다. 카메라는 세영의 손에 들려 있었지만, 세영은 영상이 아닌 기억으로 그 순간을 간직하고 싶었다.

갑자기, 천막 바깥이 소란해졌다. 천막을 젖히며 나타난 정은하가 다급하게 외쳤다.

"불이에요! 불이 났어요!"

9.

앵커 다음 소식입니다. 오늘 오후 충북 동천시의 한 마트에서 화재가 발생했습니다. 건물 뒤편 창고에서 시작된 불이 출동한 소방대원들에 의해 30여 분 만에 진화되었는데, 불법 주차된 차들 때문에 하마터면 대형 사고로 번질 뻔했다고 합니다.

인명 피해 없이 화재가 진압될 수 있었던 데에는 특별한 영웅들의 활약이 있었다고 하는데요. 자세한 소식, 현장에 나가 있는 취재기자가 전하겠습니다.

기자 충북 동천시 중앙동의 한 마트입니다. 지금은 이렇게 건물 일부가 불에 탄 채 출입이 차단되어 있지만 지난 며칠간 개업 세일 행사로 수많은 이들이 찾았습니다. 특히 행사 마지막 날인 오늘은 경품 추첨 이벤트까지 있어 더욱 많은 인파가 몰렸습니다.

불은 오후 4시 50분경 단층 건물인 마트 뒤편의 창고에서 시작됐습니다. 창고는 불법 증축된 가건물로, 화재경보기나 스프링클러가 설치되지 않아 화재에 취약했습니다. 불길은 순식간에 창고를 벗어나 마트 안으로 번졌습니다. 당시의 CCTV 화면을 보면 검은 연기가 실내에 차오르자 손님들이 당황하는 모습이 보입니다. 그런데 이때, 동일한 어깨띠를 두른 여성들이 우왕좌왕하는 손님들을 인솔하기 시작합니다. 이들과 함께 있던 또 다른 여성은 119에 신고 전화를 겁니다.

소방차는 신고 전화를 받은 지 5분 만에 현장 근처에 도착했습니다. 하지만 불법 주차된 차들 때문에 화재 현장으로 진입하지 못했습니다. 이곳 마트의 주차장은 40여 대의 차량을 주차할 수 있는 규모이지만 당시 손님이 몰려 만차였고, 주차장에 주차하지 못한 손님들은 공영주차장이나 유료 주차장을 찾는 대신 주변 골목과 인근의 도로 등에 불법 주차를 했습니다. 바로 이곳처럼 소방용수 시설이 있어 절대로 주차를 해서는 안 되는 곳까지도 주차된 차들이 가득했습니다.

불이 났다는 사실을 알고 현장을 떠나려는 사람들이 너도나도 자신의 차를 먼저 빼내려고 몰리는 바람에 현장은 아수라장이나 다름없었습니다. 그런데 어디선가 나타난 오리가 날개를 퍼덕이며 차들을 한쪽으로 유도하기 시작합니다. 다른 한쪽에서는 팔다리가 달린 복숭아가, 또 다른 한쪽에서는 날개옷을 입은 선녀가 차들을 몸으로 막아 세우거나 방향을 지시하며 소방차가 들어올 수 있도록 길을 틉니다. 이들은 모두 동천시의 마스코트들. 이날 마트 개업 행사를 축하하기 위해 방문했던 것으로 알려졌습니다.

시민 불이 났다고 하니까 놀라가지고 일단 차에 타서 시동을 걸었는데 눈앞이 캄캄하더라고요. 사람들은 막 뛰어다니지, 시뻘건 불이 보이지, 소방차 사이렌 소리도 들리고……. 어째야 하나 하는데 동천선녀가 딱 보이더라고. 동천 사람이면 동천선녀는 다 알죠. 그래서 따라오라는 대로 따라갔지.

*

뉴스가 방송되고 몇 시간이 지나지 않아 동천시의 마스코트 셋은 모두 전국마스코트자랑 본선 10위권에 안착했다. 특히 동천선녀에게 쏟아진 표는 놀라운 숫자였다. 온라인 커뮤니티와 소셜미디어에는 다음과 같은 글도 속속 올라왔다.

'나 어릴 때는 동천선녀 사람 선녀였는데, 언제 인형 선녀 되심? 서울로 이사 와서 몰랐네.'

'동천 출신 90년대생은 양심적으로 다들 투표하자. 초등학교 체육대회 때 동천선녀가 쏘는 아이스크림 안 먹은 사람 솔직히 없잖아.'

'우리 엄마 동천 출신인데 뉴스 보다가 갑자기 자기 선녀 될 뻔했다고 함. 이모한테 물어보니 예선 탈락했다던데. 엄마는 본선까진 갔다고 주장. 엄마 젊은 시절 사진 보면서 고개 갸웃했다가 등짝 맞음.'

'작년에 동천 여행 갔다가 동천역에서 동천선녀 만났었는데 그땐 잘 몰라서 같이 사진도 못 찍었네요. 이렇게 유명해질 줄 알았다면 사진도 찍고 사인도 받을 걸 그랬습니다.'

'동천선녀가 입은 옷은 엄밀히 따지면 진짜 선녀의 날개옷이 아님. 통일신라 시기 귀족 여성의 의상을 현대식으로 재해석한 것에 가깝다고 생각함. 선녀의 날개옷에 대해서는 학파

마다 의견이 분분한데, 가장 정설로 취급받는 것은……(더 보기)'

'동천 시민인데요, 얼마 전에 시청에서 동천선녀 다 치워버렸어요. 멀쩡한 표지판도 교체하고 벽화까지 지우던데 무슨 일인지 궁금하네요.'

*

전국마스코트자랑 본선 투표가 마감됐다. 최종 순위는 동천선녀 3위, 도리 7위, 복동이 8위. 개업 전인 김지원의 카페에서 축하 파티가 열렸다. 은수가 도착했을 때는 은하와 김지원만이 준비를 하고 있었다.

은하가 김지원에게 '그 익명의 친구'라고 은수를 소개했다. 김지원이 능력자를 드디어 만나게 되어 영광이라고 인사했고, 은수는 어색하게 웃으며 김지원과 악수를 나눴다. 은하에게 들었던 대로 과연 훤칠하고 인상이 좋은 남자였다. 결혼을 했다는 사실을 몰랐다면 은하가 딴마음이 있어 그를 끌어들였나 의심할 뻔했다.

"언니는 좀 괜찮아요?"

"말도 마요. 막달까지 이렇게 입덧이 심한 임산부는 병원에서도 처음 봤다고 하시더라고요. 절대 안정을 취해야 한다고 해서 축하하러 못 와서 미안하다고 전해달래요."

그렇게 말하는 김지원의 얼굴에는 걱정과 사랑이 묻어났다. 그는 은하가 고등학교 시절 따르던 동아리 선배 언니의 남편이었다. 은하수는 단짝이지만 서로의 관심사를 존중해 동아리 활동은 각자 했기에 은수는 얼굴과 이름만 아는 정도의 선배였다.

선배와 김지원, 두 사람은 서울에서 소개팅으로 만나 연인이 되었는데, 결혼 이야기가 나오기 전까지는 서로가 동천 출신이라는 것을 몰랐다. 양가 부모님이 모두 동천에, 그것도 같은 동네에 살고 계셨기에 상견례는 익숙한 단골 식당에서 예비부부 없이 진행됐다. 결혼식도 동천 시내의 하나뿐인 웨딩홀에서 치렀다. 신혼부부의 서울 손님들은 대절한 관광버스를 타고 동천에 도착했다.

결혼식이 끝나고 나서는 동천호를 비롯한 관광지를 한 바퀴 돌고 서울로 돌아갈 수 있도록 준비했는데, 손님 중 누군가가 "동천도 좋은 곳이긴 한데, 아무리 그래도 결혼식은 서울에서 했어야지. 서울에서 살 사람들인데"라고 한 말이 신혼부부에게 의문을 남겼다. 왜 당연히 서울에서 살 거라고 생각하지? 꼭 서울에서 살아야 하는 건가?

선배가 임신을 하자 다니던 회사에서 출산휴가를 주는 대신 권고사직을 통보한 것이 어떤 대답이 되었다. 그들은 서울을 떠나 동천으로 왔다. 돌아온 것이 아니라 동천을 선택했다. 서울에서는 두 사람이 모아둔 저축으로 아파트 전세보증금조차 충당하지 못하고 은행의 대출금을 보태야 했는데, 동천에서는 마당이 딸린 2층 주택을 구매할 수 있었다. 1층은 카페로, 2층은 태어날 아이와 함께 살아갈 보금자리로 만들기 위한 공사가 곧 마무리될 것이었다.

"결선 때 도와드리지 못해서 어쩌죠?"

전국마스코트자랑의 결선인 자랑대회 날은 선배와 김지원의 아이가 태어날 예정일이었다. 동천에는 제왕절개수술이 가능한 산부인과가 없어서 김지원은 예정일 며칠 전부터 산모와 함께 서울의 산부인과에 가야 한다고 했다.

"괜찮아요. 복동이 경력직이 또 있거든요."

은수는 자신을 향해 한쪽 눈을 찡긋 감았다가 뜨는 은하를 샐쭉하게 바라보았다. 이제 와서 발을 뺄 생각도 없었지만, 저렇게 맡겨놓은 듯이 구는 것은 조금 얄미웠다. 피 같은 연차 휴가를 쓴다는 게 어떤 의미인지 알기나 하냐고. 에휴, 그래도 어쩌랴, 하는 수밖에. 일단 저지르고 보는 정은하와 잔소리하면서 수습하는 양은수. 그것이 은하수의 패턴이니까.

김지원이 음식을 가져오겠다며 주방으로 들어간 사이, 은수는 여럿이 둘러앉기 좋도록 테이블과 의자를 옮겼다.

"나도 같이 할까?"

"아니, 넌 제발 가만히 앉아 있어."

발목엔 전보다 더 두꺼워진 깁스를 하고 손목엔 화상 치료를 위한 반창고까지 붙인 은하를 보면 한숨만 나왔다. 정작 은하는 액땜을 한 것 같다며, 이러다 복동이가 대상 타는 거 아니냐는 말을 해서 은수를 기막히게 했지만.

시청 앞을 지나는 소방차의 사이렌 소리를 들었을 때, 은수는 대수롭지 않게 생각했다. 하지만 사무실 안의 누군가가 "중앙동에 새로 개업한 마트에서 불이 났대"라고 말했을 때는 자리를 박차고 밖으로 뛰쳐나갈 수밖에 없었다.

은하에게 전화를 걸었지만 받지 않았다. 불이 났다는 그 마트 입구에서 마스코트들이 춤을 추는 사진을 받은 것이 몇 시간 전이었다. 지수에게 전화를 걸어보았다. 역시나 받지 않았다. 은수의 머릿속에는 불길한 상상이 이어졌다. 날개에 불이 붙어 괴로워하는 도리, 새카맣게 타버린 복동이…….

택시가 잡히지 않아 무작정 달렸다. 신발을 갈아 신지도 못하고 사무실에서 신는 실내화를 그대로 신고 나왔다는 건 경찰들이 도로를 통제하는 곳까지 가서야 알았다. 하늘로 피어오르는 검은 연기가 보였다. 호루라기를 불며 차들을 우회시키던 경찰이 은수를 보고 놀란 얼굴로 다가왔다. 경찰이 괜찮으시냐고 물을 때까지 은수는 자기가 우는 줄 몰랐다. 콧물이

턱까지 흘러 있었다.

다친 사람이 없다고, 다들 무사하다는 말을 들었지만 직접 보기 전엔 믿을 수가 없었다. 은수뿐만 아니라 많은 사람들이 마트 주변을 떠나지 못했다. 사람들이 그동안 목격한 비극은 희망을 의심하는 법을 가르쳤으므로.

"은수야!"

오리의 몸통에 사람의 얼굴을 하고, 은수의 언니 지수가 달려왔다. 그 우스꽝스러운 모습이 가까워질수록, 지수의 얼굴이 또렷하게 보일수록 은수는 다리에 힘이 풀렸다. 지수는 방금 전까지 인형 탈을 머리에 쓰고 있었는지 땀에 흠뻑 젖은 머리카락이 얼굴에 온통 달라붙어 있었다. 마스코트들이 사람들을 대피시켰다고, 그래서 아무도 다치지 않았다는 말이 사실인 것 같았다. 은수는 자리에 주저앉았다. 도리의 몸통 때문에 커다래진 지수의 그림자가 은수 위로 드리워졌다.

"언니, 미안해."

"응? 네가 뭐가 미안해."

"몰라, 그냥 다 미안해."

너무 고마우면 왜 미안하다는 말이 나올까. 무사해서 고맙고 다행이라고 말해야 하는데, 은수는 자꾸만 미안하다고 말하면서 엉엉 울었다. 멀리서 보고 있는 은하가 두고두고 놀릴 거라고 생각하면서도 멈출 수가 없었다.

저녁 식사로 시작된 축하 파티는 술자리로 이어졌다. 김지원은 카페 문단속을 은하에게 부탁하고 먼저 자리를 떠났고, 복숭아막걸리를 마시고 기분 좋게 취한 선녀들을 가족들이 한 명씩 모셔 갔다. 호수영화제 사무국의 정유선과 이정훈은 다른 영화제 사무국 사람들과 긴급한 화상회의가 잡혔다며 사무실로 갔다. 둘은 지수에게 "도리는 그동안 고생했으니 오늘은 아무 걱정 하지 말고 재미있게 놀아"라는 말을 남겼다.

그래서 늦은 밤까지 자리에 남은 사람은 은수와 은하, 지수와 세영, 명경혜와 오애란이었다. 은수는 동천호 둘레길 벚나무 아래에서 이 사람들과 한자리에 모였던 순간을 떠올렸다. 그때 자신이 그곳에 복동이로 있었다는 건 은하를 빼고는 아무도 모르겠지만……. 은수는 비밀을 가진 사람답게 속으로 웃었다. 그 비밀을 이미 언니에게 다 들켰다는 사실을 알지 못했기에 표정 관리를 하느라 애를 썼다.

"이제 결선만 남았네요."

명경혜의 말을 오애란이 받았다.

"다들 자랑대회에서 뭘 자랑할지 생각한 건 있어요?"

전국마스코트자랑의 결선인 자랑대회는 한 달 뒤인 6월, 문화예술위원회와 콘텐츠진흥원의 본관이 있는 전남 나주에서 열릴 예정이었다. 마스코트들은 무대 위에서 그동안의 활동과 성과를 소개하고 앞으로의 포부를 보여주는 '자랑'을 펼쳐야 했다. 형식에는 제한이 없으니 자유롭게 무대를 꾸며달라는 것이 주최 측의 설명이었다. 현장에 있는 심사위원과 일반 시민들의 점수를 합산해 가장 높은 점수를 얻은 마스코트가 대상을 받는다.

"이제 정말 라이벌인데, 그런 중대한 기밀 사항을 쉽게 알려드릴 순 없죠."

은하의 말에 오애란이 "아유, 안 넘어오네" 하더니 "그래도 우리에겐 특급 스파이, 박 감독님이 있으니까 도리 쪽은 일단 확보했고"라며 세영의 옆구리를 쿡 찔렀다. 당황하는 세영을 보며 오애란이 킬킬 웃자 다들 따라 웃었다.

"그동안 정말 고생 많으셨어요. 도리도, 복동이도, 동천선녀도. 모두 같이 열심히 해서 좋은 결과가 있었던 것 같아요. 그리고 저한테 해주셨던 그 말, 저도 하고 싶어요. 셋 중에 대상을 타는 마스코트가 있으면 꼭 수상소감에서 얘기해 주기로 해요. 동천에 친구들이 있다고. 그 친구들에게도 관심을 가져달라고."

말을 마친 지수가 건배를 청했다. 여섯 개의 잔이 경쾌하게 부딪쳤다.

*

동천시장 강판수는 전임 동천시장 송범식이 페이스북에 올린 게시글을 본 뒤로 이틀이나 시청에 출근하지 않았다. 사유는 병가. 화병도 엄연한 병이니 정당한 사유라며 당당했다.

'자랑스러운 동천의 마스코트 동천선녀가 동천시민들을 화마에서 구해냈습니다. 뉴스를 보시고 많은 분들이 연락을 해주셨습니다. 제가 시장으로 일하며 가장 잘한 일 중의 하나가 바로 동천선녀선발대회를 폐지하고 동천선녀 캐릭터를 만든 일이라는 생각이 듭니다. 이번 화재의 원인은 바로 안전불감증이었습니다. 불법 증축된 가건물 창고에서 안전 규정을 지키지 않은 멀티플러그 사용으로 불이 시작되었다고 합니다. 동천시는 대대적인 전수조사에 나서야 할 것입니다. 지난해까지는 분기별로 사업장 안전 점검을 했었는데, 지금은 왜 하지 않는 것인지 궁금합니다.'

송범식은 며칠 전, 시장직을 잃게 만든 선거법 위반에 대해 '선거 기간에 동창들과 술자리를 갖고 술값을 계산한 것은 경솔한 행동이었지만 결코 의도한 것은 아니었습니다'라는 글을 올린 뒤로 페이스북에서 활발히 활동 중이었다. 화재 현장에서 차량을 대피시키는 동천선녀의 모습이 담긴 뉴스 영상까지 링크해서 올린 글에는 '송범식 시장님 그립습니다' '동천시 포에버. 동천선녀 포에버. 송범식 포에버' '동천선녀는 동천시민을 지키고, 동천선비 송범식은 동천시민이 지킵시다' 따위의 꼴사나운 댓글이 달렸다.

"미친놈! 그래 봤자 동천시장은 나야."

보면 화만 더 난다는 것을 알면서도 강판수는 자꾸만 송범식의 페이스북에 접속했다. 팔로워가 강판수의 열 배여서인지 볼 때마다 댓글과 좋아요 수가 배로 늘어나 있었다.

"내숭만 떠는 음흉한 놈. 다들 저놈의 실체도 모르면서!"

강판수는 송범식이 싫었다. 아홉 살 때도 싫었고, 열다섯 살 때도 싫었고, 열아홉, 스물아홉, 서른아홉에도 싫었다. 평생 동안 중요한 순간마다 송범식은 번번이 강판수의 앞길을 막았다. 하지만 강판수는 굴하지 않았다. 송범식 때문에 동천초등학교 2학년 2반 반장이 아닌 부반장이 되어야 했을 때도, 동천중학교 전교 1등이 아닌 전교 2등이 되어야 했을 때도, 동천고 학생회장 자리도 동천시 청년의회장 자리도 죄다 송범식의 차지일 때도 강판수는 좌절하지 않았다. 강판수는 끈기 있게 때를 기다렸다. 그 결과가 바로 지금이었다. 현직 동천시장은 누가 뭐래도 강판수였다. 송범식은 아무것도 할 수 없다. 페이스북에 글이나 열심히 쓰라지. 네 놈의 말은 아무 힘이 없다. 하지만 내 말은 달라.

비서관은 전화벨이 두 번 울리기 전에 전화를 받았다. 강판수가 늘 흡족하게 여기는 점이었다. “네, 시장님” 하는 깍듯한 목소리를 들으니 기분이 나아졌다.

“어떻게 됐어?”

“마침 전화드리려던 참이었습니다.”

강판수의 호통과 다름없는 질문에도 비서관은 침착하고 당당했다. 이번에야말로 그놈의 동천선녀를 완전히 치워버릴 방법을 찾은 건가? 강판수는 기대에 차서 비서관의 이어지는 말에 귀를 기울였다.

10.

세영이 삼각대를 펼치고 카메라를 설치했다. 카메라 렌즈가 향한 곳엔 인터뷰이가 앉을 의자가 있었다. 세영은 조명이 비추는 방향을 살피며 의자의 위치를 세심하게 조정했다. 마이크 볼륨은 테스트를 위해 몇 마디 대화를 나눈 다음 맞출 생각이었다. 준비는 끝났다. 세영은 인터뷰이의 위치에서 카메라를 바라보았다. 촬영 중임을 표시하는 붉은 램프가 빛나고 있었다.

“시작해도 될까요?”

세영의 말에 방 바깥에서 준비하고 있던 인터뷰이가 안으로 들어왔다. 딸의 부축을 받으며 들어오는, 오애란의 아버지 오경식이었다.

“애란이는 어릴 때부터 예쁘장해서 보는 사람마다 귀여워

했어요. 제 엄마를 닮아서 눈도 크고 코도 오똑하고. 오죽하면 동네 어른들이 아이 훔쳐가는 유괴범들 조심하라고 신신당부하실 정도였지. 동천선녀선발대회에 나간다고 했을 때도 당연히 우리 딸이 아니면 누가 뽑히겠나 싶었죠."

동천선녀에 대한 다큐멘터리를 찍는다는 핑계로 오경식을 만난 탓에 세영은 정작 묻고 싶은 말은 꺼내지도 못하고 딸 자랑만 들어야 했다.

"오애란 씨가 동천선녀가 되어서 기쁘셨어요?"

"처음엔 기뻤죠. 내 딸이 선녀라니. 그런데 속상한 일도 많았어요. 시청 사람들이 불렀다고 해서 가보면 술판이 벌어져 있고, 이상한 놈들이 집까지 따라오기도 하고. 한번은 내가 당장 때려치라고 화를 낸 적도 있었어. 지금 생각하면 미안하죠. 애한테 화를 낼 일이 아니었거든. 동천을 알리는 홍보대사라고 뽑아놓고 시답잖은 일이나 시키던 놈들이 문제였지."

오경식의 시선이 카메라 너머, 세영의 뒤에 서 있는 오애란에게 향했다. 오경식이 후회하는 그때도 지금도 어린아이는 아닌 오애란을, 오경식은 '애'라고 부르며 애틋한 눈빛으로 바라보았다.

세영은 동천선녀선발대회가 폐지되고 동천선녀 캐릭터가 마스코트로 활동한 것에 대해서는 어떻게 생각하는지, 동천시에서 동천선녀를 없애려 하는 것은 알고 있는지, 동천선녀회

선녀들이 전국마스코트자랑 결선에 동천선녀를 진출시킨 것을 알고 있는지 등 동천선녀에 대한 질문을 몇 가지 더 했다. 오경식은 오애란의 동천선녀회 활동을 속속들이 알고 있는 것은 물론 동천선녀에게 매일 온라인 투표도 했다고 말했다.

"시간 내주셔서 감사합니다. 그리고 이건 다큐멘터리와는 상관이 없는 개인적인 질문인데요. 혹시 1950년에, 그러니까 한국전쟁 당시에 해주에서 안동으로 피난 온 친척 아이를 만난 적이 있으신가요?"

"피난 온 친척이요?"

"네, 제가 아는 분이 해주 오씨인데, 안동으로 피난을 간 적이 있다고 하셨어요. 아버님과 비슷한 연배세요."

오경식이 가만히 생각에 잠겼다. 세영은 그를 독촉하고 싶었다. 어서 기억해 내라고. 황해도 해주에서 경상북도 안동까지 천 리 길을 걸어오는 동안 가족을 모두 잃은 아이를. 어쩌면 제 이름을 당신의 딸과 같은 오애란으로 소개했을 열 살쯤의 여자아이를.

"글쎄, 그런 친척은 없었는데. 부모님이 피난민들에게 잠자리를 내어주고 식사를 대접했던 일은 몇 번 있었지만, 같은 성씨의 친척이 찾아온 적은 없었던 것 같은데……. 형님은 혹시 아시려나."

"박 감독님, 내가 큰아버지께 여쭤봐 줄까요? 그분이 안동

사는 친척을 찾으셔요?"

오씨 부녀가 서로 닮은 얼굴로 세영을 바라보았다. 세영은 잘 알았다. 이들은 할머니를 모른다. 어쩌면 처음부터 알았다. 그런데도 기어코 여기에 왔다. 동천에서 만난 오애란이 안동에서 태어난 해주 오씨라는 걸 알게 되었을 때, 세영에게는 그를 미워하려는 마음이 생겼다. 사실은 언제나 미워할 사람이 필요했다. 불행을 탓하며 원망할 사람이 있었으면 했다. 그러면 사는 게 단순하고 쉬워질 것 같았다. 1950년의 할머니를 앞세워서라도, 누구든 미워하고 싶었다.

할머니가 세영에게 해주던 이야기는 언제나 1950년의 겨울이 아니라 1960년의 마음에서 시작되었는데도. 호적부에 스스로 지은 이름을 적어 넣었던, 설레는 마음에 대해 이야기하던 할머니는 얼마나 행복해 보였나. 그런데도 세영은 자꾸만 할머니의 이야기에서 숨겨진 불행을 찾으려고만 했다. 할머니가 직접 말한 자신의 이야기를, 왜 그대로 두려 하지 않았을까. 그건 아마도 할머니의 삶을 완전무결한 이야기로 정리하려는 욕심 때문이었을 것이다. 그것도 감히, 비극으로.

"아니에요, 괜찮습니다."

세영은 카메라의 전원을 껐다. 비로소 길고 긴 시퀀스 하나가 마무리된 것 같았다.

동천으로 돌아온 세영은, 그날 밤 그 영상을 처음으로 재생했다. 할머니의 장례식을 찍은 영상을.

장례식 이튿날, 혜연과 유나가 다녀간 뒤 세영은 할머니의 장례식을 찍어두어야겠다고 결심했다. 영정 사진 옆 국화꽃 사이에 카메라를 놓아서 화면 테두리에 꽃잎이 아른거렸다.

조문객들은 대부분 고모와 고모부의 손님이어서 세영에게는 낯선 얼굴들이었다. 세영이 기억하지 못하는 어린 시절에 자주 왕래했다는 친척들도 낯설기는 마찬가지였다. 치매 증상이 있던 할머니에게는 더더욱 그랬겠지. 자신의 영정에 절을 하고 꽃을 올리는 이들 중 할머니가 아는 얼굴은 요양병원에서 할머니가 머물던 4인실을 담당한 간병인 정도가 아니었을까. 세영은 의자 위에 무릎을 끌어안고 앉아 물끄러미 모니터를 바라보았다.

장례식장 직원이 상주 자리에 앉은 고모에게 말을 건네는 모습이 보였다. 고개를 끄덕인 고모가 자리에서 일어나 고모부와 재현, 세영을 챙겼다. 할머니를 염하고 입관하는 과정을 지켜보기 위해 가족들이 자리를 비우고, 카메라는 텅 빈 빈소의 모습을 비췄다.

당시에는 할머니의 마지막 모습을 보는 그 시간이 무척 짧게만 느껴졌는데, 영상으로 보니 30분이 넘는 시간이었다. 고모가 먼저 빈소로 돌아왔고, 뒤이어 고모부와 재현도 고모의 옆에 앉았다. 세영이 눈물로 범벅이 된 얼굴을 닦고 마음을 추스르던 때였다.

그리고 그때라면…….

한 무리의 조문객이 빈소로 들어왔다. 그들 중 가장 앞에 선 사람의 얼굴을 가까워지기 전에도 알아볼 수 있었다. 지수였다. 그러고 보니 지수와 영상센터 사람들이 할머니에게 절하는 모습을 보지 못했었다. 세영이 빈소로 돌아왔을 때는 그들이 이미 조문을 마친 뒤였으니까.

지수와 사람들은 빈소 안으로 들어와서야 상주석에 세영이 없다는 것을 알고 당황한 것 같았다. 서로 눈치를 보며 망설였다. 그때 지수가 할머니의 영정으로 다가왔다. 향에 불을 붙이고 눈을 감았다. 그리고 짧은 묵념을 마친 지수의 눈과 세영의 눈이 마주쳤다. 지수는 카메라를 보고 있었다.

세영은 일시정지 버튼을 눌렀다. 영상 속 지수의 눈빛은 다정했다. 그건 분명 세영을 향한 위로의 눈빛이었다. 그때, 지수는 알았을까. 자신의 위로가, 꼭 필요한 순간에 세영에게 도착하리라는 걸.

*

지수는 세영에게서 메시지를 받았다.

'〈구전설화〉를 다시 편집하고 싶은데, 도와줄 수 있어요?'

답장을 보내는 지수의 얼굴을 지나가던 은수가 슬쩍 보고는 한마디 했다.

"언니, 뭐 좋은 일 있어?"

"아니, 좋은 일은, 무슨."

은수는 새침하게 말하는 언니에게 거울이라도 보여주고 싶었다. 아니긴, 입이 귀에 걸리겠는데?

*

동천과 나주를 잇는 대중교통 노선이 없어서 차로 이동해야 했다. 지수가 운전하는 은수의 빨간 SUV에 세영과 은하수가 함께 타고, 명경혜는 오애란의 차를 타고 가기로 했다. 휴게소 한 번 들르지 않고 열심히 달려도 네 시간 가까이 걸리는 먼 거리였다. 차라리 하루 일찍 가서 준비하자는 오애란의 제안으로 여섯 사람과 마스코트 인형 탈 셋을 실은 두 대의 차는 자랑대회 전날 아침 나주로 출발했다. 정유선과 이정훈, 동천 선녀회 선녀들은 자랑대회 리허설에 맞춰 오기로 했다.

휴게소에서 간식거리도 사 먹고 운전자도 바꿔가며 여유롭게 움직였더니, 이른 아침에 출발했는데도 나주에 도착했을 때는 점심시간이 한참 지난 뒤였다. 그래도 유명하다는 곰탕집은 손님이 제법 있었다. 은하가 블로그 후기를 수십 개씩 찾아가며 골랐다는 식당은 모두를 만족시켰다. 다들 뚝배기 밑바닥이 보이도록 부지런히 숟가락을 움직였다.

식사를 마치고는 굳이 나주 시내에서 떨어진 나주호까지 커피를 마시러 갔다. 호수가 잘 보이는 언덕 위의 카페에 자리를 잡은 동천 사람들은 누가 먼저랄 것도 없이 "우리 동천호가 더 낫네"라고 한마디씩 하며 커피를 마셨다. 세영도 어느새 동천 사람이 되어버린 건지 그 말에 자연스레 동의했다.

"나주호도 멋있긴 한데, 동천호가 더 좋네요."

세영은 동천에 처음 도착하기 전에 그랬던 것처럼 나주에 대해서도 미리 조사를 했다. 신기하게도 나주는 여러모로 동천과 비슷한 점이 많았다. 나주댐을 만들기 위해 영산강 물길을 막아 만들어진 나주호, 특산물인 배를 캐릭터로 만든 마스코트 배돌이는 복동이와 달리 우직한 농부의 모습이었고, 태조 왕건에게 버들잎을 띄운 물을 건넸다는 장화왕후의 이야기에서 따온 캐릭터인 버들낭자는 동천선녀와 비슷한 생김새였다. 인구가 11만가량이고, 지역을 떠나 수도권으로 가는 청년들을 붙잡을 일자리를 마련하려고 힘을 쏟는 것도 같았다.

그저 동천과 나주만의 신기한 우연은 아니었다. 나주 말고도 동천과 닮은 곳은 많았다. 정읍, 영주, 삼척, 예산, 화천……. 세영은 자신이 동천에 오기 전에 전국을 다니며 일을 했다고 생각했지만 실제로는 광역시를 몇 군데 오갔을 뿐이었다는 걸 깨달았다. 그 경험에 전국이라는 말을 감히 붙일 수 없을 정도로 세영이 모르는 곳이 너무 많았다.

커피를 다 마신 뒤에는 예약해 둔 펜션이 있는 영산강 근처로 이동했다. 전국마스코트자랑대회가 열리는 곳과도 가까운 곳이었다. 가는 길에 샛노란 유채꽃이 가득 핀 벌판을 만났다. 해가 질 무렵인데도 눈이 부실 만큼 환하게 핀 꽃들을 보고 오애란이 먼저 차를 세웠고, 뒤따르던 세영이 운전하는 차도 멈춰 섰다.

"우리 다 같이 사진 찍어요!"

명경혜의 말에 세영이 삼각대를 꺼내 카메라를 설치했다. 잘 쓰지 않는 리모컨은 배터리가 방전되어 있었고, 하는 수 없이 타이머를 맞추고 달려가야 했다.

"세영 씨, 이쪽으로 와요!"

지수가 비워둔 자신의 옆자리를 가리키는 모습을 몰래 줌을 당겨 한 장 찍은 세영은 얼른 렌즈를 다시 조정하고 타이머를 맞췄다. 셔터를 누르고 달려갔다. 꽃밭 가운데에 나란히 선 일행에게로. 오애란, 명경혜, 정은하. 양은수, 그리고 양지수에게로. 바로 거기에 있는 박세영의 자리로.

"도리는 영화 〈엽기적인 그녀〉의 명대사를 패러디해서 호수영화제를 홍보할 예정이에요. 남자주인공이 여자주인공과 소개팅하는 남자를 찾아가서 자신이 알고 있는 여자주인공에 대한 정보를 이야기해 주는 장면이요. 이 팀장님과 국장님도 무대에 같이 올라갈 거예요."

"복동이는 노래를 만들었어요. 장르는 힙합입니다. 동천 복숭아가 얼마나 맛있는지 랩으로 표현하고 스웨그 넘치는 동작을 곁들이는 거죠. 김지원 씨의 대학 후배 중에 힙합 서바이벌 프로그램에서 준우승했던 실력파 래퍼가 있더라고요? 그분이 비트 찾는 거랑 랩 메이킹 도와주셨어요. 무대 위에서 동작은 은수가 하고 랩은 무대 아래에서 제가 라이브로 부를 거예요. MC은하수 출격입니다."

"동천선녀는 동천선녀회 전부 같이 무대에 올라가기로 했어요. 동천선녀 설화부터 동천선녀선발대회, 동천선녀 마스코트로 활동해 온 역사를 소개하려고요. 이번에 새 날개옷도 단체로 맞췄답니다. 19대 선녀 명옥 언니가 한복집을 하시거든요."

명경혜의 말이 끝나자 오애란이 특별히 미리 보여주겠다며 옷을 갈아입고 나왔다. 오애란이 걸음을 옮길 때마다 풍성한

치맛자락이 나풀나풀 흔들렸다.

"정말 선녀 같아요."

세영의 감탄에 오애란이 씨익 웃으며 말했다.

"나 선녀 맞아. 동천선녀."

자랑대회 무대 리허설은 오전 11시부터였다. 정유선과 이정훈, 동천선녀회 모두 늦지 않게 리허설 현장에 도착했다. 의상과 소품도 빠짐없이 준비되었다. 무대 순서는 제비뽑기로 결정되었는데 도리가 두 번째, 동천선녀가 다섯 번째, 복동이가 일곱 번째였다. 세영은 리허설을 촬영하기 위해 무대 앞에 자리를 잡았다.

첫 번째로 무대에 오른 마스코트는 경기도 수원시의 마스코트 수원이였다. 멸종위기 야생동물인 수원청개구리를 캐릭터로 만든 수원이는 바퀴 달린 옷장을 가지고 나왔는데 그 안에는 수원이 인형 탈 사이즈에 맞춘 경찰, 소방관, 환경미화원 등의 유니폼이 들어 있었다. 그동안 수원이가 실제로 입고 활동한 유니폼이라고 했다. 코로나19가 기승을 부리던 시기에 쓴 마스크와 손소독제 모형도 있었다. 수원시민들의 적극적인 투표로 온라인 투표 1위를 한 마스코트답게 수원시 어린이들의 응원 영상을 스크린에 띄우기도 했다.

대기실에 설치된 모니터를 통해 리허설을 지켜보는 마스코트들 사이에는 긴장감이 감돌았다. 동천시의 세 마스코트는 물론 고양시의 고양고양이, 용인시의 조아용, 진주시의 하모, 속초시의 짜니와 래요(이 둘은 한 팀으로 출전했다), 대한적십자사 혈액사업 마스코트인 나눔이와 산림청 마스코트 그루까지. 결선에 진출한 마스코트들 모두 숨죽여 모니터를 바라보았다.

이어서 도리의 차례였다. 무대 위에 테이블을 올리고 마주 앉은 이정훈과 정유선은 긴장한 기색이 역력했지만 도리는 앞선 마스코트의 활약에도 주눅 들지 않고 리허설을 시작했다. 영화 〈엽기적인 그녀〉의 OST인 구슬픈 발라드의 전주가 흐르고, 남자주인공 역할을 맡은 이정훈이 마이크를 잡았다. "우리 도리는요……." 한 걸음 옆에 떨어져 서 있던 도리가 가슴께로 두 날개를 모으고 짧은 두 다리를 엑스 자로 교차해 섰다. 소개말에 맞춰 백조의 호수가 아닌 오리의 호수, 우아한 발레 동작을 선보이기 위한 준비 자세였다. 우리 도리는요, 동천세계힐링호수영화제 마스코트예요. 도리가 빙그르르 돌았다. 영화를 누구보다 사랑하고요, 관객들과 만날 수만 있다면 뭐든 하는 애예요. 우리 도리는…….

갑자기 음악이 뚝 끊겼다. 도리는 한쪽 다리를 막 들어 올리려던 어정쩡한 자세로 멈춰 섰다. 세영은 무대 아래에 있던 스태프가 무전기에 대고 하는 말을 똑똑히 들었다.

"네? 오리랑 선녀, 실격이라고요?"

11.

1979년, 동천은 군에서 시로 승격했다. 동천소방서가 개소했고, 시내버스 노선 다섯 개가 생겼다. 동천여자상업고등학교와 동천공업고등학교가 설립되었고 각각 500여 명의 신입생을 받아 입학식을 치렀다. 면사무소가 있던 자리에 동천시청이 들어섰다. 동천역 공사가 시작되었고, 시외버스터미널은 종합버스터미널로 이름을 바꾸었다. 동천 사람들은 기뻐했다. 초대 동천시장이 된 전 동천군수는 "동천시민 여러분! 이제 우리 동천은 나날이 발전할 일만 남았습니다!"라고 선언했다. 연일 잔치였다. 개소식, 개회식, 개업식이 하루에도 여러 번 열렸다. 사람들의 눈에는 새롭게 만들어진 모든 것들이 좋아 보였다.

세영은 자신이 태어나기 훨씬 전인 1979년을 생각한다.

그때, 오애란의 아버지 오경식이 괜찮은 일자리가 있다는 말에 아내와 어린 딸을 데리고 안동에서 동천으로 이주했다. 흙길에 아스팔트를 덮는 일이었다. 오애란은 아버지가 집 근처에서 일하는 날엔 차가운 보리차와 쑥떡을 새참으로 들고 찾아가곤 했다. 그리고 그때, 오애란은 새벽 도매시장에서 떼어 온 푸성귀와 나물을 시장 좌판에 펼쳐놓고 팔았다. '과부댁'이라고 불렸다. 열세 살과 열 살인 남매가 과부의 자식이라고 놀림을 받을까 봐 전전긍긍했다. 그때, 오애란은 마흔 살이었고, 오애란은 여섯 살이었다. 그때, 동천시청의 공무원 한 사람이 가짜 선녀를 만들었다.

다른 시에는 지명 유래에 관한 설화가 있다기에, 또 다른 시에서는 젊은 여성들을 대상으로 미인대회를 연다기에, 이제는 시가 된 동천에도 그런 것이 필요하다는 상사의 독촉에 시달리다가, 새롭게 만들어버렸다. 오래전부터 구전되던 이야기를 처음 기록한 것이라고 둘러댔다. 동천시청 입구에는 '동천선녀 설화' 비석이 세워졌고, 1980년 제1회 동천선녀선발대회가 열렸다. 그로부터 40여 년이 흐르는 동안 아무도 의심하지 않았다. 동천선녀 이야기를 담은 동화책과 동요, 동천선녀 설화를 역사적 사실과 비교 분석한 논문까지 나왔다.

그 공무원이 2024년에서야 진실을 밝힌 것이다. 동천선녀는 가짜라고.

아니, 동천선녀는 진짜야.

세영은 지금 자신의 눈앞에 있는 날개옷을 입은 선녀들을 보았다. 그들은 진짜다.

*

은수가, 간절한 눈빛으로 자신을 바라보고 있는 사람들을 향해 어렵게 입을 떼었다.

"확인해 봤는데…… 시의회에 안건이 발의된 게 맞대요. 다음 주 회의에서 표결할 거라고……."

도리의 리허설을 중단시키고 무대에 올라온 스태프는 도리와 이정훈, 정유선을 번갈아 보다가 정유선에게 다가가 말했다.

"그 영화제, 올해 열리는 것 맞나요?"

그게 무슨 소리냐고 정유선이 되묻자 제보가 들어왔다고 했다. 향후 개최가 불분명한 영화제가 전국마스코트자랑을 이용하고 있다고. 만약 상금을 타게 되면 마스코트로서의 활동에 쓰지 않고 '먹튀'할 가능성이 있다고.

"돈이 없어서 영화제를 개최하기 어렵다고 기자회견을 하셨다면서요. 정부에 항의하는 성명서도 발표하시고."

말문이 막힌 정유선 대신 도리가, 오리의 머리를 벗고 지수의 얼굴로 말했다.

"저희 영화제, 올해 열립니다. 올해뿐만 아니라 앞으로도 계속 열릴 거고요."

지수를 빤히 쳐다보던 스태프가 손에 든 무전기에 대고 잠시 속닥였다. 지수와 정유선, 이정훈은 초조하게 스태프의 입만 바라보았다. 스태프가 귀에 꽂은 이어폰을 손바닥으로 가리며 뒤돌아섰다. 몇 마디 말이 무전으로 오갔다. 그 짧은 시간이 호수영화제 사무국 사람들에게는 슬로모션 효과를 건 듯 무척이나 길게 느껴졌다.

"일단 내려오시죠. 지금 오리만 문제가 아니라서요."

갑자기 멈춘 리허설에 무슨 일인가 싶어 대기실 밖으로 나와 무대를 기웃거리던 은수는 무거운 발걸음으로 무대를 내려오는 지수와 마주쳤다.

"언니, 무슨 일이야?"

"도리가 자격 미달로 실격이래."

뒤따라 내려오던 이정훈이 지수의 말을 받아 덧붙였다. 없어질지 모르는 영화제의 마스코트를 전국마스코트자랑 대상 후보로 소개할 수는 없다고 했다고.

"그리고 뭔지는 잘 모르겠지만 또 다른 문제도 있는 것 같아요."

"다른 문제요?"

그때 무대 앞에서 리허설을 촬영하고 있던 세영이 삼각대에 연결한 카메라를 어깨에 걸친 채 달려오는 것이 보였다. 은수는 세영이 지수를 위로하러 온다고 생각했다. 도리의 실격은 황당하고 안타까운 일이지만 저렇게까지 세상이 무너진 얼굴로 달려올 일인가 싶기도 했다. 둘만 이야기하게 자리를 피해줘야 하나. 은수가 그런 생각을 했을 때, 세영이 한마디를 다급히 남기고 스쳐 지나갔다.

"동천선녀가 폐기된대요!"

대기실로 뛰어 들어가는 세영의 뒤를 따라 다들 서둘러 움직였다. 대기실에 들어선 은수의 눈에 아직 동천선녀 인형 탈을 쓰지 않은 명경혜와 동천선녀회 선녀들이 누군가를 둘러싸고 웅성거리는 모습이 들어왔다. 그 사이에 은하도 있었다. 둘러싸인 사람은 아마도 전국마스코트자랑 사무국 직원인 듯했다.

"은수야! 이분이 자꾸 이상한 소리 하셔!"

은수를 발견한 은하가 소리치자 모두의 시선이 은수에게로 쏠렸다. 은수는 자신이 복숭아 몸통만 쓰지 않았을 뿐, 복슬복슬한 분홍색 전신 슈트를 입고 반쯤은 복동이인 상태라는 것을 잊고서 동천시청 7급 공무원다운 사무적인 말투로 말했다.

"저하고 말씀하시죠."

전국마스코트자랑 사무국 직원은 이미 명경혜와 동천선녀회 선녀들에게 했던 이야기를 다시 한번 되풀이했다. 동천선녀가 동천시 공식 마스코트에서 폐기될 예정이기 때문에 자랑대회 무대에는 올라갈 수 없다고. 자격 미달로 실격이라고. 그러고는 작은 목소리로 투덜거렸다. 동천에는 왜 이렇게 없어질 것들이 많으냐고.

'동천시의회 2024년 제3차 정기 본회의 안건. 2016년부터 동천시 상징물 조례(제3025호)에 따라 동천시 공식 마스코트로 사용한 캐릭터(동천선녀)의 폐기에 대한 건. 허위 사실을 근거로 선정된 마스코트가 동천시의 명예를 훼손할 가능성이 있으므로 폐기하고자 함.'

은수가 시의회에서 일하는 동료에게 부탁해 얻은 회의 자료는 더 이상 부정할 수 없는 사실을 보여주었다.

분위기는 침울했다. 다른 마스코트들의 리허설을 위해 자리를 비켜달라는 스태프의 말에 도리와 동천선녀가 쫓겨나다시피 대기실에서 나오자 복동이도 리허설을 하지 않겠다며 따라나섰다. 인형 탈과 무대 소품을 바리바리 싸 들고는 마땅히 갈 곳이 없었다. 그래서 동천선녀, 도리, 복동이와 일행들은 주차장 구석에서 오애란이 차에 싣고 다니는 정수기 렌털 상품 광고지를 돗자리 삼아 깔고 옹기종기 모여 앉아 있었다.

"이건 정말 말도 안 돼요."

박세영이 뱉은 말에 선녀들도 저마다 한마디씩 분노를 더했다.

"그래! 말도 안 되지! 화재에서 시민들을 구한 영웅이라고 추켜세우더니 폐기를 한다고?"

"강판수 그놈 짓이 틀림없어! 시장은 폐기 못 하나?"

"시의원 중에 아는 사람 없어? 우리도 압력을 넣자고!"

오애란이 지수와 호수영화제 사무국 사람들에게 도리의 실격도 말이 안 된다며 같이 항의하자고 말했다. 하지만 선뜻 대답이 돌아오지 않았다. 은수는 지수가 망설인다는 것이 슬펐다. 지수의 머릿속에 영화제를 정말 계속할 수 있는지, 계속할 거라고 말하는 것이 거짓은 아닌지 의심이 생겼다는 것이 못 견디게 슬펐다.

"괜찮아요. 꼭 무대에서 자랑하지 않아도."

지금까지 아무런 말이 없던 명경혜가 입을 열었다. 그 목소리에는 실망도 분노도 실려 있지 않았다. 오히려 기쁨이, 분명한 기쁨이 담겨 있었다.

"동천선녀가 동천시 공식 마스코트로서 지금까지 무슨 일을 했는지, 동천 사람이라면 다 알아요. 우리를 모르는 사람들한테 알아달라고 부탁하지 않아도 우리가 했던 일은 사라지지 않아요."

은수는 명경혜의 말이 반만 맞다고 생각했다. 지금은 동천 사람이라면 누구나 동천선녀를 안다. 저마다 바라보는 관점과 대하는 감정이 다를지언정 동천선녀를 모르지 않는다. 하지만 시간이 흐르면 동천선녀를 직접 보고 만나고 기억하는 사람들은 점점 줄어들 것이다. 공식 마스코트가 아닌 동천선녀에 대한 힘없는 기록은 점점 훼손되고 왜곡될 것이다. 그러다 동천선녀는 결국 영영 잊힐 것이다. 사라질 것이다.

"그래, 여기까지도 참 애쓰고 잘했다."

오애란이 명경혜의 어깨를 감싸안고 도닥였다. 다른 선녀들도 그 위로 차곡차곡 몸을 포갰다. 선녀들의 날개옷 자락이, 기대와 설렘으로 차려입은 똑같은 옷들이 겹겹이 포개졌다. 은수는 코끝이 찡해졌다. 동천시장 강판수를 용서할 수 없다는 다짐도 했다. 그때였다.

"아뇨. 이렇게 포기 못 해요."

자리에서 일어선 세영이 명경혜에게 손을 내밀었다.

"동천선녀는 가짜가 아니에요. 진짜잖아요. 동천시 마스코트의 자격, 있잖아요."

*

리허설에 참여하지 않은 복동이는 맨 마지막 순서로 자랑대회 무대에 오르게 됐다. 은수는 앞선 마스코트들의 자랑 무대가 하나씩 끝날 때마다 점점 심장이 빨리 뛰는 것을 느꼈다. 이러다가 복동이 차례가 오면 심장이 터져버릴 것 같았다. 은하가 은수의 떨리는 분홍색 손을 잡았다. 은수에게 손을 뻗을 때는 은하의 손도 떨리고 있었는데, 두 사람이 손을 잡자 둘의 떨림이 모두 멈췄다.

"나 사실 조금 찔려."

"뭐가?"

"복동이야말로 상금 때문에 출전한 건데. 복숭아 택배 주문 받을 쇼핑몰 사이트도 만들고, 냉장창고도 만들려고 한 건데, 도리가 실격이라니."

"쇼핑몰이랑 창고는 너희 농장만 쓰냐? 협회에 가입한 농장들 다 같이 쓰는 거잖아. 그게 공공의 이익이지. 그리고 동천시에서 준다던 지원금을 안 줘서 필요한데 못 하고 있던 거잖아."

"우리 복동이가 귀엽긴 하지만 열심히도 했지만 선녀님만큼 열심히 했나 싶기도 하고."

"뭘 더 열심히 해. 할 거 했으면 됐지, 왜 더 열심히 해야 되는데?"

"그건…… 그렇지?"

역시 은하수야. 은하가 그렇게 말하고 씨익 웃었다. 은수도 이젠 하나도 긴장이 되지 않았다. 얼른 무대에 올라가서 복동이의 힙하고 키치한 매력을 뽐내고 싶어졌다. 이제 곧 복동이 차례였다. 스태프가 대기하라는 신호를 보냈다. 은수는 복동이의 인형 탈, 커다란 복숭아에 몸을 집어넣었다.

"마이크, 여기 있습니다."

스태프가 복동이와 은하에게 마이크를 하나씩 건넸다. 하나는 복동이가 들고 무대로 올라갈 전원이 꺼진 립싱크용 마이크, 하나는 무대 아래에서 은하가 라이브로 랩을 할 마이크였다. 미리 준비한 반주에는 은하수의 화음 코러스가 담겨 있었다.

복동이를 소개하는 사회자의 목소리가 들렸다.

"전국의 지자체와 공공기관, 축제, 협회, 단체를 대표해 홍보활동을 하는 마스코트들의 활약상을 한자리에서 만나보는 시간! 제1회 전국마스코트자랑의 하이라이트, 자랑대회를 함께하고 계십니다. 이제 대상에 도전하는 마지막 마스코트의 자랑만이 남았는데요. 여러분, 충북 동천시의 특산품이 뭔지 아시나요? 네, 맞습니다. 바로 복숭아죠. 저도 복숭아 참 좋아하는데요. 동천시의 복숭아농가협회를 대표하는 마스코트, 복동이를 만나보겠습니다. 복동이, 무대로 나와주세요!"

무대에 오른 복동이는 당황했다. 관객이 너무 많았다. 무대 아래 준비된 좌석을 꽉 채운 것은 물론 바닥에 앉거나 서서 보는 사람들도 많았다. 시청 공무원으로 지역 행사에 자주 동원되어 현장 안전요원으로 일했던 은수는 눈대중만으로도 천여 명의 사람이 모여 있다는 걸 알 수 있었다.

놀랐지만 무섭지는 않았다. 복동이 사이즈로 제작해 착용한 소품들, 챙이 빳빳한 캡 모자와 선글라스, 플라스틱으로 만든 금색 체인 목걸이가 정말 무대 위의 힙합 래퍼가 된 듯 용기를 주었다. 문제는 립싱크 래퍼에게 라이브 마이크가 쥐어졌다는 점이었다. 리허설을 하지 않았기 때문에 음향 담당 스태프는 복동이가 무대 위에서 립싱크를 할 거라는 걸 몰랐고, 당연하게 마이크의 볼륨을 높였다. 비트가 흘렀다.

자신의 마이크가 꺼져 있다는 것을 알게 된 은하가 무대 위의 복동이를 향해 양팔을 휘저었다. 객석 맨 앞줄에 앉아 있던 사람이 그 모습을 발견하고 호응을 유도하는 스태프로 착각해 자신의 팔을 들어 올려 위아래로 흔들었다. 다른 사람들도 팔을 흔들기 시작했다. 객석이 거대한 파도처럼 출렁였다.

드디어 첫마디가 나올 타이밍이었다. 복동이가 마이크를 입으로 가져갔다.

*

"마스코트의 이름에는 마스코트의 사명이 담기는 법입니

다. 복숭아의 복, 동천시의 동. 바로 제 이름처럼요."

무대 위의 복동이는 1년 전 그날과는 다른 목소리로 말했다. 세영은 복동이의 동그란 복숭아 실루엣이 온전히 앵글에 들어오도록 카메라를 맞췄다. 복동이가 세영의 카메라를 향해 손으로 하트를 만들어 날렸다.

"어땠어? 나 떠는 거 티 났어?"

"아니, 전혀."

무대에서 내려온 복동이, 은하가 세영의 말에 기분 좋게 웃었다. 그날 이후로 세영은 은하와 친구가 되었다. "세영 씨, 너무 멋있다! 우리 친구해요!" 은하의 솔직한 말은 부끄럽지만 고마웠다. 세영은 은하와 마찬가지로 동갑내기인 은수와도 친구가 되고 싶었는데, 은수는 절대로 말을 놓지 않고 깍듯하게 '세영 씨'라고 불렀다. 은수와 말을 놓으면 자연스럽게 지수와도 말을 놓고 언니라고 부를 수 있지 않을까 기대한 세영의 흑심을 눈치채기라도 한 것처럼.

작년 전국마스코트자랑대회가 열리던 시간, 세영은 도리와 동천선녀만을 위한 동천마스코트자랑대회를 열었다. 무대도 객석도 없이 주차장 구석에서 열린 자랑대회는 온라인 투표를 받기 위해 도리와 동천선녀의 홍보영상을 올리던 소셜미디어에서 스트리밍으로 방송되었다. 그리고 그 방송은 실시간 시청자 수 2만 명을 기록했다. 마트 화재 사건의 뉴스가 방송된 뒤로 팔로워가 10만 단위로 늘어난 덕분이었다. 사실 세영도 팔로워가 그렇게까지 늘어 있을 줄은 미처 몰랐다. 결선에 진출하는 것만 생각하느라 온라인 투표가 끝난 뒤에는 관리에 소홀했던 것이다.

방송 중간에 한 온라인 커뮤니티에 '동천 출신 다 모여라. 댓글창에서 동창회 열림. 첫사랑 찾고 사기꾼 잡고 난리 남'이라는 글이 올라오면서 폭발적으로 시청자가 늘어난 것이 결정적이었다. 스트리밍 방송은 기사화가 될 정도로 화제였다. 방송 말미에 오애란이 "여러분, 우리 동천선녀 살려주십시오! 폐기되지 않도록 구해주십시오!"라고 호소한 것에 대한 후속 기사도 나왔다. 기사에는 익명의 동천시청 공무원이 강판수 동천시장의 막무가내 지시 사항에 대해 양심 고백을 한 내용도 실렸다.

동천시 시의원들은 시민들의 의견을 적극 수렴하여 '동천선녀 폐기안'을 부결시켰다. 동천시장 강판수는 동천복숭아농가협회의 고발로 토지개발계획을 사전 유포하고 부동산 투기를 조장한 혐의로 수사를 받게 되었다. 증인으로 출석한 강판수의 비서관이 더는 참지 못하겠다며 그간 강판수의 만행을 낱낱이 고했으므로, 강판수가 받아야 할 수사는 늘어날 전망이었다.

동천세계힐링호수영화제는 2024년에 5회 영화제를 열

지 못하고 4회로 막을 내리게 됐다. 사무국도 해체되었다. 그리고 동천호수독립영화제 개최 준비위원회가 새롭게 출범했다. 양지수와 정유선, 이정훈, 그리고 박세영이 힘을 모아 2026년 제1회 동천호수독립영화제 개최를 위해 최선을 다하고 있다.

"박 감독님!"

'15대 동천선녀 오애란'이라 적힌 어깨띠를 두른 오애란이 세영을 향해 반갑게 손을 흔들었다. 그 주변으로 저마다의 이름이 적힌 어깨띠를 두른 선녀들이 날개옷을 펄럭이며 모여 있는 모습이 보였다. 그 무리에는 당연히 막내 동천선녀, 동천선녀 인형 탈을 쓴 명경혜도 있었다. 세영은 카메라 렌즈를 조정해 줌을 당겼다. 동천선녀의 두 눈은 인형 탈을 쓴 사람이 바깥을 볼 수 있도록 망사 재질로 만들어져 있었다. 그러니 계속, 계속 들여다보면 그 사람의 눈빛이 보일 것이다.

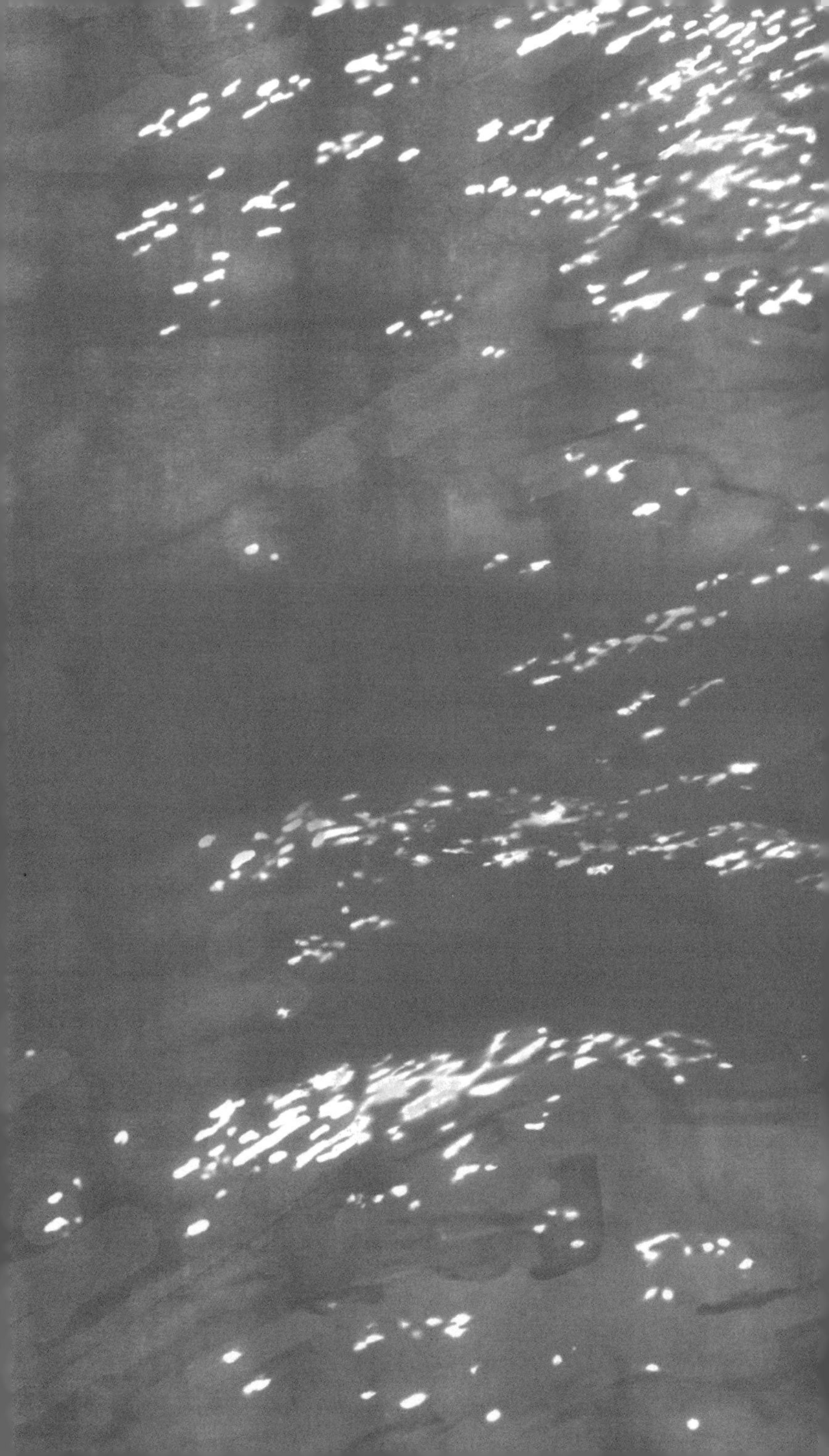

작가의 말

기꺼이 나의 자랑이 되어주는 당신에게.

덕분에 사랑 자랑은 질리지 않네요.

다음 이야기에서 또 만납시다.

2024년 여름을 시작하며,

조우리

당신의 자랑이 되려고

발행일 2024년 7월 17일 초판 1쇄

지은이 조우리
편집 이해임·김준섭·최은지
디자인 박서우·강혜조
제작 영신사

펴낸곳 읻다
펴낸이 김현우
등록 제2017-000046호. 2015년 3월 11일
주소 (04035) 서울시 마포구 양화로 11길 68 다솜빌딩 2층
전화 02-6494-2001
팩스 0303-3442-0305
홈페이지 itta.co.kr
이메일 itta@itta.co.kr

ISBN 979-11-93240-23-6 03810

책값은 뒤표지에 있습니다.
잘못된 책은 구입하신 서점에서 바꾸어 드립니다.